目次

ポスビの友

成就の計画

クルト・マール

登場人物

レジナルド・ブル（ブリー）……国家元帥。〝信仰の論理〟幹部
アモウアル……………………………ブルが変装したアフィリカー
アイアンサイド神父………………〝信仰の論理〟代表
ラオ・キッチェナー………………アフィリー政府アンチン治安局責任者
シャオ・リ・ツェン………………イーシェンの長老
ワン・ユ・チ…………………………イーシェンの〝ピル〟供給者
タ・ウェン・タン…………………イーシェンの若者
トレヴォル・カサル………………アフィリカーの国家首席
ヘイリン・クラット………………カサルの副官

1

その男は決然とした顔つきを見せていた。中背ながら、がっしりとしたからだつき。ラオ・キッチェナーにいわせれば、アフィリカーに特有なタイプの人間だ。傲慢な態度で本能をひたすら押さえつけ、知性が意識を支配している。なぜ、もっと早くこの男の存在に気づかなかったのか。アンチンはちいさな町だというのに。

おそらく、よそ者だ。キッチェナーはそう考えた。

「アンチン治安局責任者のじゃまをしにきたのか、ブラザー?」と、ラオ・キッチェナーは冷たくいった。あつかましい訪問者にふさわしい口調で。

もっとも、この男がそれでひるむとは思えないが。

「そのようなつもりはない」と、たくましい男は応じ、「イーシェンの情報を伝えにきたのだ、ブラザー。興味がないというのなら、べつの機関に行くが」

ラオ・キッチェナーは急に不安になった。このよそ者はイーシェンのなにを知っているというのだろう。

「何者だ？」と、たずねる。

「名はアモウアル。移動権保持者だ。わたしの装置は正常に機能しているはず。そうでないなら、とっくにそちらの計器の警報が鳴っているのでは？」

ラオ・キッチェナーはデスクのパネルに目をやった。アンチン治安局のポジトロニクスが整備不良のせいで充分に機能しないことは、白状しないほうがいいだろう……純粋理性にしたがえば。

「たしかに、規定どおり登録されているようだ」と、答えをかわす。「それでも、あんたの意図がわからない。重要な報告があるというが、イーシェンに言及したのはなぜなのか……」

「イーシェンは〝ピル・ジャンキー〟の拠点だ」アモウアルがさえぎった。

「そんなことは知っている」と、ラオ・キッチェナーは答え、「拠点はもう長くはもたない。〝ピル・ジャンキー〟は純粋理性の規則をないがしろにする、国家の敵だからな。わたしは自分の任務をよく承知しているのだ。それでも、イーシェンに関してまだ伝えたい情報があると？」

「イーシェンの〝ピル・ジャンキー〟は正真正銘の金持ちだ。チメン北方の山脈にある地下宇宙港には宇宙船がすくなくとも二十四隻、いつでもスタート可能な状態で待機している」

ラオ・キッチェナーは顔色ひとつ変えずに、

「それを証明できるのかね、ブラザー?」

アモウアルは立ちあがった。

「もちろんできる。しかし、そんなことをしては時間のむだだ。利害が一致すると考えてここにきたのだが、どうやらあんたは興味がないようだな」

そういって踵《きびす》を返す。

「逮捕する!」ラオ・キッチェナーは大声をあげた。

アモウアルはさらに二歩進んで立ちどまり、振りかえると、

「わたしは安全対策も講じずにやってくるほどおろかではない。わかるだろう?」その口調から、逮捕などという脅しはきかないことが聞きとれる。

「知ったことか」それでもラオ・キッチェナーはいった。「あんたは囚われの身だ。動くな! K=2に連行させる」

アモウアルは冷酷な顔で、

「このことは一時間以内にシャオ・リ・ツェンに知れるぞ」

ラオ・キッチェナーは、K=2を呼ぶスイッチの上においた手をひっこめた。まるで

火傷《やけど》でもしたかのように。

「シャオ・リ・ツェンについてなにを知っている、ブラザー?」

「あんたより多くのことを」と、アモウアル。「わたしが拘束されれば、三時間もたたないうちにイーシェンの町は無人となる。〝ピル・ジャンキー〟もかれらの宇宙船も、シュプールひとつのこさず消えてなくなるのだ」

ラオ・キッチェナーはわかった。この男には逆らえない。

「話しあうしかないな」と、応じる。

「そうだ。だが、ここではだめだ」アモウアルは冷たくはねつけた。「わたしの提案に興味があるなら、あすの早朝に会おう。五時だ。港にある古いグライダー用突堤でいいか?」

ラオ・キッチェナーはうなずいた。

＊

アモウアルと名乗る男は治安局の建物を出ると、アンチンでまだ運行している数すくないグライダーを一機借りた。町の北東の、かなりはなれた住所を入力する。さほど通行量のない空をグライダーが進むなか、自分のおかれた状況を考えた。

関心事はふたつある。ひとつは宇宙船、もうひとつは〝ピル〟と呼ばれる、アフィリカーを正常な人間にする奇蹟の薬物の出どころに関する情報だ。そのいずれも、アンチンの南東に位置する山間《やまあい》の古い町、イーシェンにあるのは確実らしい。アフィリカーが〝ピル・ジャンキー〟と呼ぶ、新免疫保持者の集落がそこにあるのはよく知られている。アンチン治安局にとり、イーシェンは喉に刺さった棘なのだ。

裕福な住民たちは、これまで当局のいかなる干渉にも抵抗してきた。しかし、テラの状況が緊迫するにつれ、かれらが直面する危険は大きくなっている。かつて銀河系で最強であった惑星で、宇宙船が不足しているのだ。〝ピル〟に名前もつけない純粋のアフィリカーたちは、地球滅亡を前にして死の恐怖におびえており、あらゆる手段を正当化して宇宙船を手にいれ、テラを脱出しようと考えている。治安局の幹部職員はこの種のアフィリカーにほかならない。

アモウアルは身をかがめ、鏡にうつる自分の顔を観察した。瞳にはなんの感情もあらわれておらず、薄い唇のまわりにしわが刻まれている。その外見に満足した。免疫保持者だと疑う者はいないだろう。右下腕の皮膚に装着した偽造PIK……個人識別コード発信機が、移動権保持者のシグナルを発している。そのおかげで、地球上の好きなところを自由に移動できるのだ。一方、移動権保持者に名声はない。移動権を持つことは、職業につけないことと同義だから。アフィリカーのヒエラルキーにおいてはかなり下方に位置づけられる。

グライダーが目的地につく前に、アモウアルは新しい住所を入力した。機首がふたたび市内のほうを向く。クロノグラフに目をやった。まもなく正午だ。二、三時間はゆっくりできる。それからイーシェンに向かえばいい。本当のところ、シャオ・リ・ツェンとは面識がなかった。ラオ・キッチェナーにいった脅しははったりにすぎない。

グライダーの最終目的地は出発した地点の間近で、アンチン治安局とは緑地帯で隔てられただけの建物である。こうして飛ぶことで、尾行されていないと確信。料金を支払い、グライダーを降りる。

その建物は八階建てで、小部屋がぜんぶで四十八あった。アモウアルの部屋は六階だ。室内にはいると真っ先に、不在のあいだ侵入した者がいないかチェックした。

それからようやく衛生セルに向かい、からだを洗浄してマスクをはずす。あらわれたのはレジナルド・ブルであった。ビルの秘密を暴くため、アモウアルに変装していたのである。

＊

その日の十六時ごろ、レジナルド・ブルのグライダーはイーシェンの谷の北西側に連なる山の上を飛んでいた。遠隔操縦システムを配備した道はあるのだが、長い年月で木々が繁茂しており、高感度センサーでしか感知できない。

上空からの眺めはすばらしかった。五十戸にも満たない家が集まるだけの町イーシェンは、千五百年前の姿をいまにとどめている。古い中国の建築様式で建てられた家々のあいだに手いれのいきとどいた庭があり、谷の両側の斜面には木がまばらに生えていた。眼下に見える町の入口付近で、ふたたび道がはっきりとあらわれ、ちいさな集落の合間を縫うようにはしっている。

三五八一年にはまったくそぐわない、見るからに平和な光景だ。グライダーは谷の斜面をくだった。シャオ・リ・ツェンの住んでいる場所は地図で調べてある。その家は町の南西にあった。

アモウアルに扮したブルは銅鑼《どら》を鳴らして来訪を告げた。古風な呼びだしシステムだ。みごとな彫刻で飾られた木製扉の向こうから足音が近づいてくる。この地の民族衣装をまとった男が扉を開けた。年は百二十歳ほど。無愛想な顔で、見知らぬ客にこうべを垂れる。

「アモウアルという者だ、ブラザー。シャオ・リ・ツェンか？」ブルはたずねた。

老人はまじめな顔つきになり、

「なによりもまず、わたしはあなたのブラザーではない」と、華奢《きやしや》なからだに似合わない力強い声で応じる。「さて、なにか用でもおありかな？」

アフィリー社会のぶっきらぼうな話し方はイーシェンでは好まれない。レジナルド・

ブルはそれを承知していたが、アフィリカーと思わせることが重要と考えたのだ。ここはまず、土地の風習にあわせるつもりだという態度を見せよう。老人と同じようにこうべを垂れ、ひかえめな声で、

「ビジネスの話をしようとおたずねしました……あなたがイーシェンの首長、シャオ・リ・ツェンであられるならば」

「いかにもわたしはシャオ・リ・ツェンだ。だが、ビジネスの世界からは引退したし、興味もない……」

「アンチン治安局の責任者があなたの町を襲撃しようとしています」と、アモウアルはさえぎった。

シャオ・リ・ツェンは驚きをかくさない。明らかに〝ピル〟の効果だ。

「おはいりなさい！」と、客人にいう。

アモウアルは高価な骨董の調度品で飾られた部屋に通された。イーシェンの住人は〝ピル〟の作用で、祖先の生活習慣をとりもどしている。この部屋は十九世紀末の中国のサロンなのだろう。老人は低い椅子にすわるよう告げると、

「さ、話してくれ！」と、うながす。

アモウアルの用意しておいた話は以下のとおり。ラオ・キッチェナーのイーシェン襲撃計画を偶然に知った。キッチェナーとひとにぎりの部下たちは、〝ピル・ジャンキ

ー〟を襲撃する名目で複数の宇宙船を手にいれ、可及的すみやかにテラを去るつもりである。かつてイーシェンの住人はこの手の襲撃を回避してきたが、計画実行後にラオ・キッチェナーに弁明をもとめる者がいない状況を考えれば、これまで講じたような策はもはや通用しないだろう。ラオ・キッチェナーの決心は揺るぎない……

「その話を信じよう」と、シャオ・リ・ツェンはしばらく考えてからいった。「だが、あなたのいうビジネスとはなんのことだね？」

「わたしはラオ・キッチェナーに信じこませることができるのです……もっとも効果的なイーシェン襲撃方法を熟知していると。対処すべき警護所や、住民の防衛策などについて説明できます。ラオ・キッチェナーはそれを聞いて、襲撃の日を決める。その日時をわたしがお伝えすれば、あなたはキッチェナーを撃退できる。これでかれは未来永劫、危険な存在ではなくなるでしょう」

首長はこの提案についても熟考した。ようやく口を開く。

「その見返りに、なにを望まれるのかな？」

「あなたがたの秘密の宇宙港に、高性能宇宙船が二十五隻ほどあるのを知っています。イーシェン住民がテラをはなれるつもりだとしても、数隻あればことたりるはず。見返りとして、宇宙船を一隻いただきたい」

シャオ・リ・ツェンは考えこむようにブルを見つめた。なにもかも見通すような視線を浴びると、経験豊かな不死者でさえおちつかない。ついに老人がいった。

「なかなかの申し出であろうと思う。あなたがすべて真実を語っていることが前提だが」かすかな笑みを浮かべ、「よそ者からすれば、イーシェンに暮らすわれわれ、進歩からとりのこされた田舎者に見えるかもしれない。しかし、近代がのこしていったものもあるのだ。たとえば、あなたが誠実かどうかを知る方法も」

それは当然、計算ずみだった。自白剤を投与されて質問されるだろう。しかし、おかす危険は最小限ですむ。催眠暗示にはかからないし、薬物によって自白させられることもないから。

「おっしゃることはわかります」と、アモウアルはうなずき、「心づもりはできています」

シャオ・リ・ツェンの顔が柔和になる。

「そう聞いてうれしいよ。同意がない場合、あなたをこの町からけっして出すわけにはいかなくなるのでね」

首長は立ちあがった。

「約束はどのように履行されますか？」アモウアルがたずねた。

「あなたの誠意が証明され、その手助けでラオ・キッチェナーを撃退したあかつきには、われわれの宇宙船のうち一隻をさしあげよう」

*

二十二時ごろ、レジナルド・ブルはアンチンにもどってきた。イーシェンでのテストに合格し、誠実であると認めさせることができたのだ。部屋で自動供給装置の質素な夕食をとる。社会が崩壊したこのごろでも、まだ装置は機能していた。そのあと二時間ほど眠り、午前三時ちょうどに起床した。ラオ・キッチェナーとの密会まで二時間。いくつか準備しておく必要がある。

アイアンサイド神父が組織する〝信仰の論理〟や、かつての善良隣人機構……OGNの生きのこりである部下たちとは、一時的に別行動をとっていた。〝ピル〟の秘密を暴くには、単独のほうが身軽に動けると考えたから。とはいえ、完全に孤立しているわけではない。いつでも〝信仰の論理〟と接触できるし、組織の膨大な情報を利用できる。さらに、アイアンサイドから提供された多数のマイクロ機器を荷物にいれ、どこに行くにも携帯している。

さっそく小型爆弾の準備にとりかかった。爆薬はグリーンがかった半透明のプラスティック塊である。〝信仰の論理〟の実験室で開発されたもので、化学爆薬に特有な驚くべき爆発力を持つ。高濃度に圧縮されているため、かなりの重量だ。レジナルド・ブルはプラスティック爆薬を小指よりもちいさくまとめ、軽い素材でくるんだ。実験の結果、爆弾は水に浮くことがわかっている。

次に、アンカーに爆弾を結びつけていく。一端に錘《おもり》をつけた紐を束ねてつくったものだ。作業が終わったのは四時すこし前だった。危険きわまりない爆弾を容器にしまうと、部屋をあとにする。

ブルのグライダーはまもなく、ヤン・ツェ川の濁った水面すれすれを飛行していた。かつてこのあたりは交通がさかんだったもの。しかし、間近にカタストロフィが迫ると、人類はふたつに分裂した。明るい世界観を持つ〝ピル〟常用者と、死の恐怖にとりつかれたアフィリカーである。以来、テラの経済活動は広範囲にわたりとだえた。工場施設は荒廃し、道路網は寸断され……地球がブラックホールにのみこまれるより前に、人類は自滅への道を歩むと決めたかのようだ。

グライダーの計器パネルに組みこまれた小型探知スクリーンに、川の左岸の輪郭がはっきりとうつしだされている。ラオ・キッチェナーと落ちあうグライダー用突堤が見えた。そちらに向けてコースをとる。渦を巻く川面をかすめるように、ゆっくりと飛行しながら、ときどき小型爆弾を投げこんだ。ヤン・ツェ川の深さについては正確な情報を得ている。小型爆弾を結《ゆ》わえたアンカーは川底まで沈み、爆弾本体は水面から数メートルの深さのあたりに浮くしくみになっていた。これで最大の効果が期待できる。

ようやく突堤についた。岸に対して垂直な堤防天端《てんば》が川のなかほどまで伸びている。

それはしっかり固定されており、車輛が走行できるようになっていた。ブルは先端と岸の中間地点にグライダーを停め、しばらく機内にとどまる。装備一式のなかに、小型スクリーンをそなえたプラスティック製の箱があった。スイッチをいれると、秘密の計測機が作動する。予期した危険が迫ったなら、スクリーンが輝きをはなち、甲高《かんだか》い警報音が鳴るのだ。しかし、計測機は沈黙をたもったままである。

もうひとつの装備は小型発信機で、スイッチをいれると電磁波シグナルを発信する。それにより、爆弾の起爆装置を作動させるしくみだ。ブルがなにを考えているか知れば、ラオ・キッチェナーはさぞ嫌な思いをするだろう……

＊

ブルはグライダーを降りた。突堤に立ち、空を見あげる。早朝のこの時間、ブラックホールの活動はとくによく観察することができた。テラに、もはや星空は存在しない。〝喉〟が天をおおいつくしているから。数カ月前には星空のまんなかに黒い穴が開いているだけだった。いまでは天空をおおう穴のみが見える。

〝喉〟の内部ではすさまじいハイパーエネルギーの嵐が荒れくるっていた。鮮明な稲妻が闇を切りさく。その光はあまりにも強烈で、夜を昼に変えてしまうほど。

レジナルド・ブルは突堤の岸まで視線をはしらせた。岸辺には幅のひろい通りが見える。その向こうには倉庫や管理事務所など、港につきものの建物がならんでいた。かつてアンチンはテラで最大級の川港の町だった。いまでは倉庫に保管する荷も、管理するものもない。建物はどれもからで、朽ちかけていた。

ブルがこの場所を選んだのには理由がある。ラオ・キッチェナーがイーシェンに関する情報の見返りなどあたえるつもりがないのは明らか。情報提供者を拘束し、ありふれた手段により望む情報をひきだそうとするだろう。キッチェナーひとりでは太刀打《たちう》ちできないから援軍が必要となるが、陸上からひそかに近づくのはむずかしい。見通しがよすぎるから。とすると、援軍は川から接近するしかない。

ブルはあらためて小型計測機のスイッチを押す。スクリーンは暗いままだ。

そのとき、グライダーの軽快なエンジン音が遠くから聞こえてきた。ブラックホールにきらめく鮮やかな閃光を浴びて、岸辺の道をやってくる。まさにいま、突堤のほうに機首を向けたところだ。ブルは小型ブラスターに手を伸ばした。ラオ・キッチェナーが援軍を同伴した可能性も捨てきれない。

グライダーはブルの機体から十メートルはなれた地点に着陸した。グラシット製のキャノピーを通して、機内に男がひとりいるのが見える。男はグライダーを降りて近づいてきた。ラオ・キッチェナーだ。

「話してみろ!」と、無愛想な口調で命じた。

〝喉〟に閃光がはしる。アモウアルに扮したブルは、対峙する男の顔に浮かぶ不安の色を見てとった。

「あんたとその仲間は地球をはなれたいのだろう」と、アモウアル。「しかし、地球には一隻も宇宙船がのこっていない。ブラックホールにのみこまれる気のない人々が、ひそかにテラを去ってしまったから」

「宇宙船はまだある」キッチェナーが反論する。

「そうだ、わずかではあるが」と、アモウアルは認め、「それらはふたつのタイプに分けられる。ひとつは大金を積んで買うしかないもの。あんたにその金はないだろうが。もうひとつは、未来を予見した人々がみずから脱出するために用意したもの。このタイプに関して話しあいたい」

「イーシェンか……？」と、キッチェナー。

「そのとおり。イーシェンの住民のことは知っているか？」

「〝ピル・ジャンキー〟だな！」キッチェナーはうめいた。「明確な意志を持つ人々だ」と、いいなおし、「住民の秘密の宇宙港は警備がきびしい。あんたの手の者が宇宙船に近づける見こみすらない」

「たとえ話をしよう。わたしなら、堅固な守りを破るために充分な戦力を投入するが」

「たとえ宇宙船一隻でも〝敵〟の手に落ちるくらいなら、イーシェンの住民は宇宙港を爆破するはず」アモウアルは考えこむようにいった。「核地雷で防衛しているから」

「で、あんたは核地雷に対抗するすべを知っていると？」

「知っていることはもっとある」

「なぜ、そのようなことに興味があるのだ？」キッチェナーはたずねた。

「わたしも宇宙船が必要なのだ。イーシェンの宇宙港はひとりでは落とせないし、あんたたちだけでも無理だろう。しかし、われわれが手を組めば、双方に勝算が生まれるというもの」

ラオ・キッチェナーは考えこんでいる。レジナルド・ブルは平然として小型計測機をポケットからとりだし、スイッチを押した。スクリーンが輝きはじめ、内部でかすかに警報音が鳴る。やはり推測が正しかったということ。ラオ・キッチェナーはとりひきなど考えていない。見返りなしに情報を得るつもりだ。川を近づいてくる援軍はまだ遠い。アフィリカーはもうしばらく時間稼ぎをしなければならないだろう。

＊

「たとえ話をつづけようではないか」と、キッチェナー。「アンチン治安局責任者は違法に他人の財産を奪ったりしない。だが、その気があると仮定しよう。あんたが責任者をおとしいれない保証はあるのか？」

ひきのばし作戦だ！　レジナルド・ブルはさしあたり、ひっかかったふりをした。

「治安局責任者にビジネス・パートナーの誠意を納得させるのはかんたんだ」と、答える。「イーシェンに偵察に行き、住民が講じた防衛策のすべてを知らせればいい」

「それは可能だな」と、キッチェナーは認め、「責任者にきわめて大勢の友がいるとして、イーシェンの宇宙港にある宇宙船が一隻のこらず必要となれば？」

計測機のスクリーンの輝きが増し、警報音が大きくなる。あと数分だろう。

「わたしひとりぶんのスペースくらい、どこかにあるはず」と、キッチェナーの仮定をはねつける。

ラオ・キッチェナーは手をうしろで組み、考えこむように突堤を歩きだした。なかなかの演技だ。ときどき立ちどまり、アモウアルがついてくるかどうかをたしかめる。ふたりはやがて、ブルのグライダーを通りすぎ、岸のほうに近づいた。キッチェナーにしてみれば、援軍の攻撃にさいして自由な動きをとる必要がある。グライダー二機にじゃまされてはならない。さらに、グライダーからはなれていれば、アモウアルが逃亡するチャンスもなくなるというもの。

「たしかに」と、キッチェナーは応じ、「あんたのほうがパートナーの飛行プランに予定をあわせればいいのだからな」

「そのつもりだが」と、アモウアル。

ラオ・キッチェナーは立ちどまり、川面に視線を向けた。片腕をあげ、長々とクロノグラフを見つめてからおろす。決然とした顔つきに不安の色はほとんど見られない。それがたしかな合図といえた。計測機などなくても、レジナルド・ブルは決定的瞬間の到来を知ることができたのだ。

「どうやら、そうはいかないようだ」と、ラオ・キッチェナー。

次の瞬間、アモウアルは裏切り者の目の前に躍りでた。キッチェナーが事態を理解するより早く、制服の襟もとをつかむ。

「よく考えてみろ！」と、ラオ・キッチェナーにどなりつけた。「あんたがどれだけ勘違いしていたか、教えようか！」

アモウアルは左手に持った発信機のスイッチを押した。突然、川面が地獄と化し、爆音が闇に轟く。まるで川底がひきはがされたような光景だった。噴水のように水が噴きだし、爆発の衝撃で粉砕された物体を巻きこみながら、いくつもの水柱となって立ちのぼる。やがて水柱は崩壊し、轟音を響かせ渦を巻いて消滅。大波が突堤を洗う。ひきはがされた金属板がラオ・キッチェナーの足もとにのこされた。

治安局責任者はからだをはげしく震わせた。死の恐怖に襲われ、顔は灰のように白い。目を見開いて、言葉にならない声を発している。

アモウアルはキッチェナーの襟もとをつかんだまま、金属板を蹴った。板はがたがたと音をたてて飛んでいく。爆発の轟音はおさまり、南東の山々に響くこだまが聞こえるだけだ。

「わたしにK＝2をさしむけるとは、おろかなこと」と、ブル。「全戦力を投入したのではないだろう？　イーシェン攻撃のために必要だからな！」

アモウアルはラオ・キッチェナーの顔色をうかがった。ここから先は子供だましのようなもの。水中から接近させたロボットを手荒く排除され、キッチェナーは悟ったようだ……この男にはかなわないと。アフィリカーに対しては、優勢に立てば恐怖を抱かせることができる。今後キッチェナーはアモウアルの指示どおりに動くはず。

港の周辺が騒がしくなっていた。数分もすれば、爆音で眠りを破られた人々が好奇心まるだしで集まってくるだろう。

「場所を変えて、話のつづきをするしかないな」アモウアルことレジナルド・ブルはいうと、ラオ・キッチェナーをグライダーのほうに押しやった。

2

遠大なハイパー空間をシグナルが行きかう。想像を絶する距離を超えて、非人類である二パートナーのあいだで情報交換がなされる。

パートナー1：臨界点までもうしばらく時間がある。最終段階がはじまった。

パートナー2：準備完了。最終段階ははじまったが、妨害行為を排除できない。

パートナー1：妨害行為は鎮圧すべきである。〝成就の計画〟を予定どおり実行せよ。どのような妨害行為が予想されるのか？

パートナー2：共感対象が計画の妨害について探っている。

パートナー1：〝成就の計画〟は共感対象と反感対象を区別しない。対象をニュートラル化せよ。

パートナー2：対象をニュートラル化する。〝奴隷〟はふさわしい対応をとる……

＊

イーシェンの西には手つかずの自然がひろがっていた。標高千二百五十メートルの最高峰に連なる山々があり、谷間にシダや竹が密生し、斜面にはまばらに木が生えている。何世紀にもわたる人類未踏の地のようだ。イーシェン住民の意志によって守られてきたのだろう。この深い森や山々、谷間やもつれあった藪のどこかに、秘密の宇宙港に通じる入口がある。

宇宙港を建造したのはイーシェンの人々ではない。住民の力では無理である。宇宙港は三十一世紀につくられ、かつて太陽系秘密情報局が使用していた。住民たちは港の機能を復活させただけ。〝喉〟への転落が避けられないとわかったとき、人々はまだ適正価格であった宇宙船を購入し、港に配備したのだ。当時、〝ピル〟はまだ存在していない。やがてその薬効により、イーシェンの人々は確信が持てなくなった……そもそも、自分たちにテラを去る気があるのかどうか。

支谷の西側の急斜面に、輸送用グライダー二機が着陸。二機は真夜中すぎにエンジン音をおさえて尾根を越え、谷をくだってきた。

機内にはアモウアルことレジナルド・ブルのほか、ラオ・キッチェナーとその仲間たちの姿があった。さらに、K＝2ロボット四十体。これはアンチン治安局が使用できる戦力のすべてである。治安局責任者がアモウアルとグライダー用突堤で会談してから、二日がすぎていた。キッチェナーは追いつめられている。情報提供者をとらえようとしてK＝2五十体を失った事実を、上海の上層部にどう納得させるか、見当もつかないのだ。

グライダーに微弱な防御バリアをはってその場にのこした。攻撃部隊は低木が繁茂する谷を進み、地下にある宇宙港の入口をめざす。なぜ秘密の宇宙港を知っているのかとキッチェナーがくりかえしたずねるたび、ブルは答えをはぐらかした。太陽系秘密情報局とのかつての関係を語る必要はないし、情報の出どころの多くがシャオ・リ・ツェン本人だと白状するわけにもいかない。

アモウアルは谷が終わる手前で隊列をとめた。

「なぜ、ここでとまるのだ?」と、ラオ・キッチェナー。自身と〝友〟で構成される小隊のスポークスマンをつとめている。

「いまにわかる、ブラザー」と、アモウアルは応じ、「ロボット二体をここにのこす。あんたの命令で作動し、ふたたび谷を進むようにさせるのだ。部隊ののこりは斜面を右方向に迂回してから前進する。あんたとわたしのふたりで、しんがりをつとめよう。武器の安全装置ははずしてあるか?」

「ああ」キッチェナーは声をおしころして答える。

迫る危険を予感し、恐怖をおぼえたのだ。準備はととのった。のこしていくK＝2二体は、キッチェナーの声に反応するよう調整してある。部隊は谷をはなれ、南斜面をわずかに登った。やがて、せまい空き地に到達。昼間であれば、ここから谷底がよく見わたせるだろう。アモウアルは投光器を装備したロボット二体を前方に出してから、谷のK＝2を進ませるようキッチェナーに命じた。

「谷のロボット……前進せよ！」キッチェナーが大声を出す。

ロボットが藪をかきわけて下草や小枝を踏む音が、谷底から聞こえてきた。K＝2は命令されたとおりに作動する。突然、谷底が明るくなった。まばゆい光の束が真っ暗闇から発せられ、ロボット二体を照らしだす。

「点灯！」と、アモウアル。

投光器を装備したロボットがしたがう。その光芒と、正体不明の光の束を浴びて、谷底の光景が浮かびあがった。K＝2二体はゆるぎない足どりで前進をつづける。そこに、まるで無からあらわれたごとく、戦闘ロボット七、八体からなる小隊が出現。TKR2400／Ⅲという旧型のロボットだ。たちまち攻撃がはじまる。K＝2一体は轟音とともに爆発したが、二体めがTKR一体を排除した。

「攻撃はじめ！」アモウアルが命令。

ラオ・キッチェナーのブラスターが閃光をはなつ。TKRロボットはどこから攻撃されているのか理解できないようだ。おそらく、ポジトロニクスが老朽化しているのだろう。キッチェナーは三体を破壊。のこりのロボットが撤退しようとしたそのとき、アモウアルも戦闘にくわわる。狙いすました斉射で、TKRを一体のこらず破壊した。

銃撃の轟音が消えた。危機が去ったことを悟ると、キッチェナーはアモウアルのほうを振りかえり、

「ロボットの奇襲だな?」と、たずねる。

アモウアルはうなずくと、

「谷底には不可視のエネルギー性マーキングが縦横無尽にはりめぐらされている」と、説明。「イーシェンの住民はマーキングの背後に旧型の戦闘ロボットを配置していた。マーキングに触れた者を、TKRが攻撃するということ」

「で、これからどうなる? この騒ぎで、住民が出てくるのではないか?」

「いや。宇宙港の防衛設備は完全自動化されている。イーシェン住民は自分たちの守りが敵を撃退すると信じているのだ」

一行は谷にもどり、前進を再開した。

＊

そのあとも二度、同様の罠が待ちうけていた。はじめは地雷原だ。アモウアルがK＝2一体に地雷を爆破させたため、キッチェナーは罠の存在を納得した。とはいえ、そのたびにK＝2を失っていては戦力がすぐに潰滅すると心配になる。次の罠にはエネルギ

ー兵器がしくまれていた。不可視のマーキングに触れた瞬間、砲撃を開始するしくみである。アモウアルはマーキングを迂回し、キッチェナーにエネルギー兵器のありかを教えた。こんどはロボットを犠牲にせずにすんだ。

ついに先頭が岩山の麓に到達する。

「ここが入口だ」と、アモウアル。「通常であれば、エレクトロン・コード発信機で扉を開ける。だが、緊急用に手動装置があるのだ」

しばらく地面を探る。次の瞬間、岩壁の一部が横にずれ、人ひとりが通れるほどの入口があらわれた。

「非常口だ。主入口はほかにあり、はるかに大きい」

ブルはラオ・キッチェナーの注意をひきつけるため、さかんに話しかける。いたるところに存在する罠がこの入口にだけないのは不自然だと、疑われてはまずい。

ロボットを先頭にして、一行は横坑に足を踏みいれた。通廊の天井には十メートル間隔で発光プレートが埋めこまれ、充分な明るさをたもっている。三十メートル進んだところで通廊が傾斜しはじめ、急角度で地下に向かってくだる個所が出現した。岩肌むきだしの壁で行きどまりとなる。ロボットが静止。キッチェナーは仲間六名とともにすこし距離をとっていたが、アモウアルのほうを振りかえり、

「行きどまりだ。なぜ、われわれをここに連れてきた？」

不信感をつのらせている。そろそろ急がなければ。そう考えたブルは、

「この壁を破りさえすればいい。壁の向こうは地下着陸床のはしにあるホールで、われわれにとり重要な場所だ。小部屋に、核地雷の制御メカニズムがある」

キッチェナーは耳をそばだて、

「地雷を無力化するつもりなのか？」と、たずねる。

「もちろん」と、アモウアルは低い声で、「吹きとばされたいとは思わないのでね！」

K＝２二体を岩壁のすぐ前に立たせる。ロボットのブラスターが腕ほどの太さのビームを放射。岩が灼熱して溶けていく。あまりの高温に、一行は横坑を後退した。

数分後、壁に穴が開く。周囲がいくぶん冷めてから、穴をぬけてホールに侵入。投光器を装備したロボットが真っ暗な室内を照らす。奥行き八メートル、幅十メートルほどの、がらんとしたひろい部屋だ。左右の壁にそれぞれ扉がある。ひとつは高さも幅もあり、明らかに貨物用だ。もうひとつは高さのないちいさな扉だった。

「そちらは着陸床に通じている」と、アモウアルは大きいほうの扉をしめしていった。

「制御メカニズムがあるのは、もうひとつの扉の向こうだ」

「急いだほうがいい、ブラザー」と、ラオ・キッチェナー。「イーシェンの住民が嗅ぎつけたかもしれないからな」

アモウアルはうなずき、ちいさいほうの扉を開けにかかった。音もなく開く。扉はス

イッチと連動しているらしく、せまい部屋に突然、明かりがついた。さまざまな機器類で埋めつくされている。ブルは一瞬、入口にたたずみ、こうべをめぐらした。不動の戦闘ロボット二体の輪郭を確認して満足する。雑多な機器類のあいだに押しこめられているため、近づかなければわからない。

アモウアルは振りかえり、

「わたしが制御メカニズムを解除するまで、その場を動かないように!」キッチェナーとその仲間たちに大声で呼びかけた。

全員、大きいほうの扉の近くに集まっている。

「ここにとどまる」と、キッチェナーは応じた。

アモウアルは制御室にはいった。数分間、機器類を操作し、地雷を無力化したと報告すればいい。キッチェナーは信じるだろう。

*

アモウアルこと、ブルは慎重に作業を進めた。扉付近にいるとき以外、ラオ・キッチェナーたちから姿は見られない。複雑な機器を操作するふりをしたが、その部屋にあるのは核地雷でも制御メカニズムでもなく、地下宇宙港のエネルギー供給を制御する設備である。キッチェナーに約束を守る気がないと知り、地雷の話をでっちあげたのだ。キッチェナーは奪った宇宙船をあたえるつもりも、共犯者を自由にさせる気もない。障害がすべて排除されて宇宙船を手にいれたら、アモウアルの命など無価値となる。

そこで、最後の障害……核地雷をでっちあげる必要が生じたわけだ。ここにいれば、自分の身は安全だから。

アモウアルがせわしなく作業をつづけるうちに、戦闘ロボット二体がゆっくりと作動しはじめ、音もたてずにからだを起こした。そのようすはホールからは見えない。このロボットもTKR2400／Ⅲで、イーシェンの住民が宇宙港に数多く配備しておいたものである。

ブルはロボットの胸にグリーンのシグナルが点灯するまで作業をつづけた。それがあらかじめ決めておいた合図だ。数秒後、開いた扉からホールに出る。

「地雷は無力化された！」と、告げた。

ホールの反対側で、一行の隊形が変わっている。ひと目でわかった。K＝2が横に長い隊列を形成し、ラオ・キッチェナーと仲間たちを守っている。

「それはたしかだな、ブラザー？」キッチェナーがホールの反対側から大声できいた。

「たしかだ」と、ブル。

「これからどうする？」

「大きいほうの扉を開ければ……着陸床だ」

「どうやって開けるのだ？」

「右手の壁にスイッチがある。石板で蓋をしたニッチのなかだ。下側のスイッチを押せば……」

「あったぞ！」キッチェナーの仲間のひとりが声をあげる。

「スイッチを押せ！」と、キッチェナーが命じた。

両開きの扉が左右にスライドする。扉の向こうには暗闇がひろがり、見通すことはできない。

「投光器を点灯しろ！」と、ラオ・キッチェナー。

投光器を装備したロボット一体が踵を返すと、まばゆいばかりの光芒が闇を切りさいた。巨大球型宇宙船の輝く外被が暗闇にあらわれる。光芒がわきに流れると、二隻めの宇宙船の輪郭が浮かびあがった。ラオ・キッチェナーは満足そうに、

「ゴールについたぞ！」と、仲間に呼びかける。

それが合図の言葉であったにちがいない。次の瞬間、K＝2が振りかえり、大きな扉のある壁を背にしてアモウアルと対峙した。ブルはあせったが、イーシェン住民が準備した作戦を信頼し、制御室にかくれ場を探そうと考えをめぐらす。

「あんたはもう無用だ、ブラザー」ラオ・キッチェナーの冷酷な声がロボットの楯の背後から聞こえた。「理性の名のもとに抹消しなければならない」

キッチェナーは本気だった。ただちにロボットに命令をくだす。

「撃て!」

その言葉が口から出ると同時に、筋肉をはりつめていたレジナルド・ブルは後方に身を投げ、ちいさな入口の扉のかげに転がりこんだ。

ホールにビームが飛びかうなか、小部屋ではTKRが入口の両わきをかためた。ロボットの腕が作動し、重ブラスターがうなりをあげて光をはなつ。K=2一体がビームの直撃をうけて倒れた。爆発音が連続して轟き、悲鳴があがる。ブルは扉の縁まで這い進み、ホールのようすをうかがった。ラオ・キッチェナーの小隊は大混乱におちいっている。この展開をだれも予想していなかったのだ。K=2はこうした状況下での行動指示をうけていない。キッチェナーの仲間二名が負傷し、床を転げまわっている。

大きな扉の向こうの暗闇も騒がしくなった。輝くロボットが複数、見てとれる。そのあいだをイーシェンの住民たちがせわしなく動いていた。K=2は次々とブラスターの砲撃に倒れ、無力化されていく。一方、ラオ・キッチェナーとのこりの仲間はぶじだ。

数分後、最後のK=2が轟音とともに爆発。すべてが終わった。キッチェナーたちは入口付近で煙をあげるロボットの残骸のわきにかたまり、呆然と立ちつくしている。負傷者二名は動かない。ひとりは意識をなくしているようだ。もうひとりは蒼白な顔をして恐怖に目を見ひらき、からだをつっぱっている。

イーシェンのTKRは砲撃を終了。広大な着陸床の暗闇から、シャオ・リ・ツェンを先頭に住民たちがあらわれた。アモウアルもかくれ場から姿をあらわす。イーシェンの風習にならい、シャオ・リ・ツェンにこうべを垂れると、

「時間どおりにきてくださり、感謝します」

「こちらこそ感謝しなければならない」と、老人は、「あなたはわれわれを重大な危機から救ってくれた。約束したとおり、望みはかなえよう」

首長は暗闇のなかに立つ従者のひとりに指示を出す。クリック音がして、突然、目の前が明るくなった。はるか頭上に巨大な太陽灯が輝き、宇宙港に昼間の明るさを振りまいている。

ブルは驚いてこうべをめぐらした。

＊

かつて太陽系秘密情報局がここに広大な施設を建造したことは知っていた。それでも、目の前にあらわれた光景には驚きをかくせない。楕円形の巨大ホールは八キロメートル以上の奥行きを持つ。床は滑らかなプラスティック製で、継ぎ目ひとつない。着陸床の部分は色鮮やかな着色がほどこされている。ホールの中央には同様に着色されたスタート地点があり、その真上が宇宙船の出入口だ。いまは閉ざされている。

宇宙船二十六隻が確認できた。大部分が都市名クラスの軽巡洋艦で、かつての太陽系艦隊で最速の部類にはいる。さらに巨大な、直径二百メートルのテラ級重巡洋艦もあった。

「選びなさい！」と、シャオ・リ・ツェンがいった。「気にいった艦をさしあげよう」

ブルはホールの天井高を目測した。すべて同じ高さではなく、中央部分にくらべて楕円の縁は低くなっている。どこも五百メートル以上はあるため、宇宙船の操縦には支障をきたさない。二十六隻のうち一隻をここから容易にスタートさせられるだろう。

アモウアルは腕を伸ばして、四隻ある重巡洋艦の一隻をさししめした。赤道環より下部に、《ジェミニ》と大きく黒い文字で艦名が表示されている。

「では、その艦を」

そういうと、シャオ・リ・ツェンの顔色をうかがった。老人は笑みを浮かべ、

「遠慮は無用ですぞ。あなたの必要に応じたタイプの宇宙船を選べばいい。どのみち、われわれには必要ないのだから」

老人はぬけ目ない。アモウアルという名の男が宇宙船を手にいれた目的や、それを運ぶ手段についてはひと言も触れなかった。男が自分から語るのを待っている。

細胞活性装置保持者にとってはあぶない一瞬だった。当然、宇宙船は必要だ。ポルタ・パトの拠点が殲滅《せんめつ》されて以来、もとOGNメンバーが利用できるものは一隻もないか

ら。しかし、イーシェンにやってきた主目的は宇宙船の獲得ではない。〝ピル〟の秘密を追って、ここにたどりついたのである。

「あなたのもとにとどまりたいのですが」と、ブルは率直にいった。

シャオ・リ・ツェンは細い眉をわずかにあげ、

「なぜだね？」

「理由はいくつかあります。単独では宇宙船を操縦できませんし」自信なさそうに肩をすくめてみせる。「理由はあまり口にしたくないふうに、「なんとなく……イーシェンが気にいったのです。あなたのそばにいると、おちつくので。地球最後の日々を、ともにすごしたい」

老人は謎めいた視線をアモウアルに送った。やがて口を開く。

「とどまることを許そう！」

3

ラオ・キッチェナーは、自身が想像していたような手荒なあつかいをうけずにすんだ。イーシェンに一日拘束され、負傷者二名の回復を待って解放される。イーシェンの住民にとり、ラオ・キッチェナーの一行はもはや脅威ではなかった。大急ぎで立ちさるだろう。K＝2部隊が全滅した理由を、上海の上層部に報告しなければならないから。

アモウアルことレジナルド・ブルは、町の北東端にある空き家を住まいにあてがわれた。アンチンにのこした身のまわり品をとりにいってから、夕方イーシェンにもどる。

ブルは相《あ》いかわらずマスクを装着し、アモウアルという名で通していた。ハイパーカムで上海のスラムにある〝信仰の論理〟の拠点と連絡をとり、計画どおりイーシェンに潜入したことを報告。情報はアイアンサイドに可及的すみやかに伝えられるだろう。神父との連絡を絶やさないことが重要だ。

テラの古い暦で、きょうは三五八一年八月四日にあたる。〝信仰の論理〟の科学者たちは、最新の知識にもとづいて算出していた……月や姉妹惑星ゴシュモス・キャッスルや恒星メダイロンもろとも、地球がブラックホールにのみこまれる日を。おおかたの予想では三五八一年十月十日がXデーとされるが、確信のある者はいない。Xデーに関するデータはその後も定期的に修正されている。おそらく十月十日ではなく、九月末ごろになるだろう。

地球はカオスのなかにあった。人類は三つのグループに分かれている。もっとも数が多いのは〝ピル〟を規則正しく服用する人々だ。この出どころ不明の錠剤の名前は、〝潜在感情をパラ心理的・集中的に不安定化する〟という効能の頭文字に由来する。つまり、薬物により意識のなかのアフィリーを排除するのだ。薬が作用すれば、アフィリカーも感情を持つ〝ふつうの人間〟にもどる。薬効の持続期間は数時間から数日まで人それぞれ。イーシェンの住民たちのように、効きめがつづく者もいる。そのさい顕著にあらわれる徴候は、地球が〝喉〟にのみこまれる事実をまったく恐怖に思わないこと。〝喉〟への転落は身体的・心理的危険に結びつかないという認識が、かれらの心に浸透するのだ……理由は不明だが。〝ピル〟常用者の大多数は、最終的にテラを捨ててべつの酸素惑星に移住する考えをとっくにあきらめている。

次に数の多いグループは、破滅の恐怖におびえるアフィリカーたちだ。意識のなかにある純粋理性の力が強く、〝ピル〟の服用を拒んでいるため、容赦なく襲う本能的な恐怖にさらされる。〝喉〟への転落という破滅から逃れようと、全力であがいていた。こうしたアフィリカーのせいではじまった逃亡ラッシュは、宇宙船の不足をうけてようやく沈静化しつつある。多様な人々を乗せたさまざまな型の宇宙船が数千隻、目的地も定めないまま、死を待つメダイロン星系を脱出する……こうした光景が、かつては連日のようにくりひろげられたもの。逃亡ラッシュがはじまるとすぐに宇宙船の価格は高騰。船を合法的に獲得する金のない人々は、筆舌につくしがたい野蛮行為に出た。迫りくる災厄から逃げる権利があると考えている金持ちも、似たようなものだ。

三つめのグループはもっとも少数派である。純粋理性のあり方を敬い、コントロールされた知性を持ち、本能的な死への恐怖に影響されない人々だ。アフィリカーのエリート層を形成するかれらの頂点に、トレヴォル・カサルが立っている。カサルは長年にわたり、混沌状態に歯止めをかけようと尽力してきた。〝ピル・ジャンキー〟にも仮借なく対処し、K＝2に実行させた懲罰行為の犠牲者は百万人におよぶ。地球の〝喉〟への転落を阻止するという希望は、早い時期に捨てさっていた。カサルは政権をとる前、いわゆる〝逃避派〟の意図に対抗し、人々を救う作戦を計画したことがある。しかし、アフィリーが失敗を招いた。こうした野心的な作戦には、偏見と自我を捨てて共同作業を進める能力が必要だが、アフィリカーにはそれがないから。

その後、まったく予想だにしないことが起こった。ネーサンの抵抗である。不可解な理由から、このハイパー・インポトロン脳は人類の地球脱出を拒んだ。テラ滅亡を前に、トレヴォル・カサルは人々の大規模な移住計画を考案したが、それをネーサンは苦もなく妨害したのである。ラファエルという名のエネルギー生物を創造して地球に送りこみ、脱出をじゃましたため、ついに計画は頓挫。ネーサンとテラを結ぶ通信回線が一時的に遮断された結果、ラファエルは死を迎えた。直後には回線をふたたび復旧させることになったが。テラの日常生活はネーサンと緊密に結びつき、その影響を強くうけている。いつまでもネーサンなしで生きていくことはできない。

こうして社会は荒れ、経済活動はとどこおり、工業生産は停止し、長きにわたって人類が築きあげた価値観は崩壊していった。そのなかで、ひとにぎりの男女が、テラでくりひろげられる奇妙な現象の背景を探ろうと頭を悩ませていた。先頭に立つのはレジナルド・ブル、OGN時代から連携するメンバーたち、〝信仰の論理〟を力ある組織に育てあげた聖フランチェスコ兄弟修道会のアイアンサイド神父である。

かれらにとり、ネーサンの行動は不可解きわまりないものであった。とくに、レジナルド・ブルはこのインポトロニクスが誕生したときから知っている。ネーサンは人類の忠実なるしもべにほかならない……例外的に、未知なる力の作用をうけたことはあるが。ネーサンは動機について語ることを拒絶した。なにが起きたのだろう。インポトロニクスを操ろうとする未知なる力が復活したのか？　複雑な回路に故障が生じたのか？　ネーサンが記憶媒体や生体脳として利用する二百の太陽の星のプラズマが、勝手な行動をとったのか？

疑問の答えを知る者はいない。レジナルド・ブルは心の内でさらなる解釈を試みた。ネーサンは独自に判断したのだろう……地球脱出が人類にきわめて大きなダメージをあたえ、テラにとどまることに人類の繁栄があると。たしかに、〝喉〟への墜落がテラと人類の物理的な滅亡につながるとはかぎらない。その考えは科学者たちも認識しはじめている。故郷惑星に忠実であるほうが人類にとって有利だとネーサンは考えているのだろうか。それが、ラファエルが死のまぎわに語った〝成就の計画〟の狙いか？

そうだとしても、疑問がのこる。なぜ、ネーサンは計画の詳細を明らかにしないのか。最高権力者トレヴォル・カサルとアフィリカーたちでは理解できないと考えているのかもしれない。しかし、ほかにも理由はあるはずだ。レジナルド・ブルはそれを探りだそうと決心していた。

テラにはもうひとつの謎がある。〝ピル〟だ。この薬物の出どころをだれも知らない。トレヴォル・カサルは売人の組織を粉砕しようとしたが、成果はあげられなかった。売人をひとり捕まえても、あらたにふたりあらわれる。錠剤の出どころがどこであろうと、供給量にはかぎりがない。一度でも〝ピル〟を味わってしまえば、その欲望がつきることはないのだ。

出どころと同様、〝ピル〟の化学構造式も謎だった。〝信仰の論理〟の専門家が分析したところ、わずかな未知物質を検出したが、分子式までは解明できないでいる。この薬物は明らかに地球外化学に由来し、テラでは解明不能の科学知識にもとづいて構成されていた。その効能は服用者の意識のなかからアフィリー効果を排除するだけではない。地球の〝喉〟への墜落を恐れる必要はないと確信させるのである。宇宙港を守りつづけるイーシェンの住民がテラ脱出という考えを捨てさったのも、そのためだ。

レジナルド・ブルは〝ピル〟の秘密を暴く作戦を展開。ラオ・キッチェナーの言葉を借りると、イーシェンは〝国家の敵〟の巣窟だが、作戦を進めるうえで重要な手がかりとなる町だ。住民がどのようにして錠剤を入手するのか知りたい。

宇宙船も必要だ。地球とともにブラックホールを通る気はないから。ペリー・ローダンが宇宙のオデッセイを終えてもどってきたとき、メールストロームのとあるポジションにいる必要がある。それが自分の任務だ。かつて、〝喉〟にのみこまれたら一巻の終わりと思われていたころ、テラを去ると決心すれば臆病者よばわりされるのではないかと恐れた。しかし、〝喉〟への転落が地球と人類の終焉を意味しないのなら、悪評を恐れる必要はない。

今回の作戦で、目的のひとつは達成した。シャオ・リ・ツェンと協定を結び、重巡洋艦《ジェミニ》を手にいれたのだ。これで、テラがブラックホールにのみこまれる前に脱出できる。

しかし、〝ピル〟の謎を暴くという第二の目的はいまだ達成していない。

＊

イーシェンのちいさな谷にビロードのような夏の夜のとばりがおりた。草を編んでつくった扉の外から、虫の音が聞こえてくる。レジナルド・ブルがアンチンから持ってきた機器類を調整していると、家に近づいてくる足音が耳にとどいた。

引き戸が開き、外の闇を背にしたシャオ・リ・ツェンの姿があらわれる。老人はこうべを垂れて挨拶し、

「じゃまをしてもよろしいか？」

「歓迎いたします」アモウアルことレジナルド・ブルは、イーシェンの風習にならって礼儀正しく応じた。

作業を中断し、客にすわるようすすめる。シャオ・リ・ツェンは向かいのクッションに腰をおろした。

「あなたには謎が多い」と、老人が会話の口火を切る。「わたしはイーシェンの最長老として、町に災難が降りかからないよう心を配らなければならないのだ。好奇心旺盛なあつかましい人間と思わないでいただきたい。自分の責任をはたしているだけなのでな」

「なんなりとおたずねください!」と、アモウアル。「あなたが義務をはたされるのをじゃまはしませんから」

シャオ・リ・ツェンは感謝するようにうなずき、

「奇妙な人だな。愛の喪失者と同様、あなたにとっても感情は未知のもの。それなのに、愛の喪失者が知らない、感謝とか義務とかいう言葉を口にする」

「愛の喪失者……?」ブルは時間稼ぎにたずねた。

「アフィリカーと呼ばれる者のこと。ここイーシェンでは、独自の呼び方をする習慣でしてな」

「わたしはアフィリカーです」と、アモウアル。「ですが、ときどき〝ピル〟を服用しているのでして」

「〝ピル〟?」老人は笑みを浮かべ、「われわれ、〝満足の寄贈者〟と呼んでおる。なるほど、それであなたの態度が理解できるというもの。なぜ、寄贈者をときどきしか享受されないのか?　つねに満足感にひたろうとは思わないのかね?」

もっとも気にかけていた話題に、シャオ・リ・ツェンはいきなり触れてきた。この最高の機会を逃してはならない。

「〝ピル〟はどこででも手にはいるものではありません」と、アモウアルは応じ、「イーシェンにのこりたい理由がいくつかあると申しあげました。〝ピル〟はそのひとつ。

ここでは供給不足はないようですな」

「そうだ、不足はしていない」

「なぜ、充分にあるのですか？」

シャオ・リ・ツェンはアモウアルを見つめた。その目は、すべてお見通しだと語っているようだ。

「天の恵みなのでな」老人は相手をひとしきり眺めてから答えた。「満足の寄贈者は望む者すべてにあたえられる。手にいれるには、望みさえすればいい」

「つまり、〝ピル〟は道に落ちていると？　あるいは梢の上に？」

ブルのたとえはシャオ・リ・ツェンをよろこばせた。

「いや、仲介者がひとりいるのだ。ワン・ユ・チが責任を持って、われわれの町に寄贈者をつねに供給する」

「その人物はどこで仕入れてくるので？」

「あちこちだ。どこに足を運べばいいか、指示をうける」

「だれから？」

「それは、われわれにもわからない」

アモウアルは考えこんだ。〝ピル〟の出どころを執拗にたずねても、老人は気を悪くしたように見えない。とはいえ、これ以上好奇心を見せるのは考えものだ。

「満足の寄贈者を欲する者の仲間に、わたしをくわえていただけますか？」と、たずねてみる。

老人はうなずいた。

「いったとおり、満足にあずかるには望みさえすればいい。ワン・ユ・チと話してみなさい……あなたにも調達するはず」

＊

翌日、レジナルド・ブルはイーシェンの町にいっそうなじみ、住民たちと懇意になった。ワン・ユ・チとも対面した。人のよさそうな若者で、ふだんは輸送グライダーなどの車輛管理を担当している。ブルはちょうど一週間ぶんの〝ピル〟をうけとり、今後も調達してもらう約束をとりつけた。錠剤の出どころはたずねなかった。よけいな興味をひいてはならない。

しばらくのち、ワン・ユ・チの輸送グライダーが町を飛びたつところを偶然に目撃する。グライダーは草が繁茂する道ではなく、町の北西斜面にそって上昇し、山の頂きをおおう森の向こうに消えた。ブルは家にもどって小型探知機を装備。ワン・ユ・チの輸送基地に向かい、かれが実際に出かけたことを知った。

午後、散歩といつわってイーシェンの周辺を調べてまわる。夜のとばりがおりるころ、グライダーが姿を消した山の尾根に登り、探知機が充分に機能する開けた場所を発見。ときどき、探知機のちいさなスクリーンに光が輝いた。はるか西に、アンチンとチンテチェンを結ぶ街道が見える。そこにグライダーがあらわれると探知機が反応するのだ。

試算してみる。通常の輸送グライダーの平均速度は時速二百から三百キロメートル。ワン・ユ・チがスタートして六時間がたつ。いまもどってきたとしたら、最長で千八百キロメートル……片道九百キロメートル飛行したことになる。目的地で一時間駐機したと仮定して単純計算すると、片道七百五十キロメートルに縮まる。

ワンが向かった西の方角には人口が密集する工業都市ハンコウがあった。さらに西方、トゥンティン湖とチンチャンダム湖の岸辺まで進むと、ふたたび人もまばらな寂しい土地となる。そのどこかに目的地があるのだろうか。

二十一時、探知機のスクリーンに光点があらわれた。西南西の方角から近づき、しだいに輝きを増す。まっすぐイーシェンに向かってくるグライダーにちがいない。数分後、ブラックホールを切りさく稲妻が山の南斜面を照らし、重輸送グライダーの機影が浮かびあがった。機は斜面に接近し、ブルのかくれ場から十メートルもはなれていない頂きを飛びこしていく。ワン・ユ・チのグライダーだ。

ちょうど十五分後、ブルは考えこみながら家路についた。イーシェンの住民にとり、〝ピル〟の話題は公然となっている。とはいえ、ワン・ユ・チが錠剤の仕入れ先を教えるはずはない。いつかふたたびワンが買いつけに飛びたつのを見て、追跡するしかないだろう。その前に、いくらか調査する必要がある。尾行を知ったら、住民たちが不審に思うかもしれない。最初の追跡で成功させなければ。

あてもなく東斜面をうろついていると、ブルは急に気配を感じた。ブラックホールの稲妻に照らされた夜の森に、自分以外のだれかがいる。大きく弧を描いて足音を消す草地を歩き、藪のなかにかくれ場を見つけた。一分たらず前に通った場所だ。そこに身をかくして待つ。

しばらくのあいだ、夜がたてる物音のほかはなにも聞こえなかった。やがて、こわごわと斜面をくだる足音が聞こえる。山頂までつづく森のかげから、肩幅がひろく、がっしりした男があらわれた。その場にたたずみ、どちらに向かえばいいか決めかねるように、あたりを見まわしている。次に、地面を探りはじめた。草深い地面にはブルの足跡がはっきりとのこっている。見知らぬ男は足跡を追い、ブルがひそむ藪のそばを通りすぎた。

レジナルド・ブルはかくれ場から躍りでた。見知らぬ男の襟もとをわしづかみにしてひきよせる。たくましいからだつきの男は恐怖で目を見ひらき、ブルを凝視。

「あとをつけていたな？　何者だ？」と、ブルはどなりつけた。

「タ……」男がうめく。「タ・ウェン・タン」

「イーシェンの者か？」

男はあわててうなずいた。

「ここでなにをしている？」

答えようとしない。しかし、レジナルド・ブルが襟もとをつかむ手に力をこめると、男はあきらめて、

「あんたを……監視していた！」と、吐きだすようにいった。

「だれの命令だ？」

「長老に命じられたんだ」

レジナルド・ブルはこぶしをゆるめる。つきはなされて男はよろめき、倒れそうになった。

「シャオ・リ・ツェンと話さなければならない」ブルは男の背に向かって大声で、「二度とあらわれるな！」

まるで悪魔に追われるかのように、タ・ウェン・タンは藪のなかに消えた。

＊

翌日、レジナルド・ブルはシャオ・リ・ツェンに会った。

「なぜ、わたしを信用してくれないのです？」と、老人にたずねる。

シャオは質問の意味をしばらく考え、口を開いた。

「わたしにとり、あなたを信用するかしないかは重要でない。不信感があるとしても、一度もしめしたことはないはず」

「わたしは違う意見です」と、アモウアルことブルは、「昨夜、散歩をしていると、タ・ウェン・タンに会いましてね。わたしを監視していたとか」

「なるほど、タ・ウェン・タンか！」老人はおうむ返しにいって、笑みを浮かべた。「わたしに命じられたといったのだな？」

「そのとおりです」

シャオ・リ・ツェンは愉快そうな顔をしている。

「それは真実ではない。あなたに不信感を抱いているのは、わたしではなくタ・ウェン・タンということだ。かれはわたしに会いにきて、こういった……あなたをただちにイーシェンにうけいれたのは間違っている、政府の工作員かもしれないのだから、と。タ・ウェン・タンのような若造にわたしの本心を打ち明ける義務はない。すると、かれは提案した。あなたが信用できないという証拠を見せると。見てみようではないか、とわたしはいったもの。タ・ウェン・タンはその言葉を聞いて、わたしがあなたの監視を命令したように思いこんだのだろう」

ブルは老人の言葉を信じる気になり、

「タ・ウェン・タンにはっきりいいました。二度とあらわれるな、と」

「当然の権利だ」シャオ・リ・ツェンは笑みを浮かべる。

「では、わたしを信用してくださるのですね？」

長老の鋭い視線が向けられる。その目は、アモウアルが話していないことまで知っているかのようだ。

「われわれの町にとり、あなたが危険な存在であるとは思わない」老人はブルの問いをかわした。

「それならけっこうです。あなたがたにとり、わたしは危険な存在ではありません」

立ちあがって辞去しようとしたアモウアルは、扉のところで、シャオ・リ・ツェンに呼びとめられた。

「イーシェンにとどまる理由はいくつかあるといわれたが、まさにそのとおりですな」と、長老は真剣な顔つきで、「あなたは口にしないが、わたしは理由のひとつを知っている。それについて忠告しておこう。われわれにとり、満足の寄贈者は天の恵みだ。われわれは出どころを問わないし、出どころに興味を持つ者を悪く思う気もない。しかし、その者たちの好奇心のせいで、天の恵みがとどかなくなれば、自衛するしかなくなるだろう」

シャオ・リ・ツェンは沈黙し、アモウアルを意味ありげに眺めた。老人はおそらく最初からすべて見ぬいていたのだろう。それでもブルの心はおだやかだった。イーシェンの長に対する好意すら生まれた。

「あなたの賢人ぶりに感銘をうけました」と、ブルは、「町の人々を傷つける意図はまったくない。もちろん、わたしの好奇心によって害をまねくようなこともしません。一歩踏みだすたびに、イーシェンの繁栄を考えます。信じていただきたい」

シャオ・リ・ツェンは慎重にうなずき、

「あなたを信じよう」

「いつか、この町を去るときがくるでしょう」と、レジナルド・ブルはつづける。「それにより、われわれの約束が影響をうけることはありません。わたしが自分で《ジェミニ》をとりにこられない場合は、使者を送ります。正当な使者である証拠に、〝成就の計画〟という言葉を口にさせますから、その者たちに宇宙船をひきわたしていただけますか」

「そうしよう」と、老人は約束した。

4

アモウアルことレジナルド・ブルは数週間イーシェンに滞在した。タ・ウェン・タンの姿をしばしば目にしたが、たいていは害もなく、かれの監視行動を非難するような事態にはならなかった。タ・ウェン・タンがイーシェンのだれよりもブルに興味を持っているのは明らかなようだったが。

イーシェンの外の世界は混沌のきわみにあった。北アメリカでは、恐怖にとりつかれたアフィリカー二千名が、シカゴ郊外に記念碑として展示してあったインペリウム級の古い戦艦を強奪した。とことん戦うと決めてK＝2ロボットとの攻防戦をくぐりぬけ、ついに戦艦の燃料補給に成功。古いため宇宙航行はできないという政府の通告を無視して、かれらは艦をスタートさせた。宇宙船はシカゴの上空五千メートルで爆発。町に核の炎が降り注いだ。

宇宙船がスタートする前に破壊すればよかったのだが、政府はそうしなかった。トレヴォル・カサルがこの事件を見せしめに利用したということ。独裁者の命令に逆らう者は死ぬしかないのだ。しかし、この事件で死亡したのは艦に乗りこんだ暴徒だけではない。巨大都市シカゴの住民四千名も、核の炎の犠牲となったのである。

レジナルド・ブルは二度、ワン・ユ・チから〝ピル〟の供給源について聞きだす機会を得た。だが、大きな成果はない。ワンによれば、錠剤うけわたしの指示はテレカムを通じて定期的にとどくという。しかし、どこから指示がくるか、どこでうけとるかについては、口を閉ざした。

レジナルド・ブルはワン・ユ・チが出かけるようすをひそかに監視。数週間がすぎたころ、次のことがわかった。ワンが向かう方角から推測して、異なる目的地が三つある。一ヵ所めは西方に位置しており、往復に六、七時間かかる。二ヵ所めは南東の方角で、八、九時間を要する。おそらく台湾島だろう。三ヵ所めは北西で、いつも十二時間以上かけてもどってきた。

目的地は定期的に変わるが、頻繁に飛ぶときは近い場所、つまり西方であることが多い。そこでブルは、ワンが西方をめざすときに追跡しようと決めた。

高性能グライダーを調達し、人里はなれた谷間にかくしておく。何度もかくれ場に足を運び、主要な機器類をグライダーに装備。食糧を積みこむことも忘れなかった。ワン・ユ・チの目的地がどのような土地かわからないから。長く滞在することになった場合、現地で食糧を確保する手段があるかどうか見当がつかない。

シャオ・リ・ツェンと話す機会はめったになかったが、老人とのあいだには言葉で語る必要のない信頼感が培われている。上海にもどったアイアンサイド神父とは、ときどきテレカムで通信した。セルジオ・パーセラーやシルヴィア・デミスターとも交信し、シャオ・リ・ツェンとかわした約束について知らせた。ときが満ちれば、ふたりは《ジェミニ》をひきとりに、イーシェンにくることになるだろう。

ブルは必要な準備をすべてすませ、今回の任務でもっとも危険な作戦の開始にそなえた。奇妙な突発事故が発生したのはそのときである。

＊

ある夜、レジナルド・ブルはイーシェンを見おろす監視場所にいた。その日、ワンは西の方角に飛行。ブルは計測データを最終的に確認しようと考えた。データにはワンのグライダーの探知エコーの周波分析もふくまれる。それにより、探知するグライダーを識別するのだ……細胞核放射の型で人間を識別するように。これで、探知機の有効範囲を超えてワンのグライダーを追跡できるはずである。

いつもの六時間がすぎた。そろそろ探知機のスクリーンのすみに光点がきらめくころだ。しかし、予想とは異なる事態が発生。あらわれた光点がしだいに大きくなり、しばらくすると二十にわかれたのである。グライダーの編隊が北西方向から接近した。整備された道ではなく、荒野の上を飛んでくる。目的地はまちがいなくイーシェンだ。

レジナルド・ブルは監視場所をはなれ、山の斜面をくだってシャオ・リ・ツェンの家をめざした。扉のところで、家を出る寸前だった老人と出くわす。

「客がきます」と、ブルは、「北西から接近してくるグライダー二十機を確認しました」

シャオ・リ・ツェンはうなずき、

「承知している。危険が迫っているのだ。男たちには警報を出した」

イーシェンにはかつてラオ・キッチェナーたちが体験した以上の、すぐれた防衛システムがある。それはレジナルド・ブルも知っているが、早期哨戒システムまでは把握していなかった。

「わたしはあなたがたの味方です」と、ブルは老人に、「わたしをどこかに配置してください」

シャオ・リ・ツェンはすべてを見通すいつもの目でブルを見つめた。やがて命令をくだす。

「いっしょにきてくれ!」

ふたりは通りを急いだ。途中、ほかの男たちが合流。とくにあわてる者はいない。ブルはしだいにおちつかなくなった。人々は危険を甘く見ているのではないか。しかし、町のほぼ中央にある建物についたとき、イーシェンの住民には敵も感心するほど充分なそなえがあるとわかった。

建物の一階は大広間となっており、壁ぎわに巨大スクリーンのバッテリーが積まれている。スクリーンには町をかこむ山々が細部まで鮮明にうつしだされていた。色分けされた映像を見れば、残留赤外線を増強したものであるとわかる。つまり、侵入者は監視されていることに絶対に気づかない。

スクリーンのほかにも、さまざまな機器類があった。中央には制御プレートが三基。コンソールの機能を持ち、小型スクリーンがいくつもついている。目を凝らすと、砲撃を制御する機器だとわかった。町の周囲の山々に配備された砲台をここから操作するのだ。

ブルは視線をあげ、シャオ・リ・ツェンを眺めた。老人はすこしはなれたところに立ち、笑みを浮かべて無言で見かえしている。

「すばらしい装備ですね」と、いうしかなかった。

「そのとおりだよ」と、老人は応じ、「われわれが暮らすのは平和で安心できるちいさな世界だが、まわりは憎しみと争いに満ちた大きな世界だ。大きな世界はいつでもちいさな世界を食いつくそうとする。それに対抗しなければならない」

その瞬間、スピーカーから音声が響きわたった。

「敵の編隊が直近の警戒ラインを越えた！　最高の警戒レベルにはいれ！　砲撃準備！」

「ま、見ていなさい」と、シャオ・リ・ツェンは巨大スクリーンをしめし、「敵は北西からやってくる。このスクリーンと左右のスクリーンに、そのようすが鮮明にうつしだされるから」

＊

スクリーンには低木が繁茂するゆるやかな斜面がうつっている。そこに、機敏に動く高性能グライダーの編隊があらわれた。グライダーは強烈な熱をはなっており、まわりの環境からくっきりと浮きあがっている。山頂付近に一団となって着陸した。

ハッチが開き、ロボットと人間で構成される部隊が降りてきて集結。二分後、小隊に分かれて散開する。全部隊の三分の一にあたる規模の小隊が尾根にそって配置についた。ロボットはすくなく、おもに人間で編成されている。一方、ロボット大多数にわずかな人間をくわえたべつの小隊が頂上を越え、イーシェンの町がある谷に向かって斜面をくだりはじめた。

「砲撃準備を急げ！」と、スピーカー音声は、「第一砲兵中隊はグライダーを。第二、第三砲兵中隊は谷に侵入する小隊を狙うのだ」

レジナルド・ブルは戦慄をおぼえた。ロボットにまじって斜面をくだる男たちは死を宣告されたも同然である。それを知る由もないだろうが。

突然、部隊の進行方向が変わった。そのようすが二番めのスクリーンにより詳細にうつしだされる。敵は左に向きを変え、町の中心ではなく、北から北東にかけての方向をめざしていた。そのあたりには、町を縦に走る通りの先に、広大な敷地を持つ家々が点在するだけだ。

「砲撃三十秒前！」と、スピーカー音声。「突撃部隊を逃がすな！」

シャオ・リ・ツェンの顔にきびしい表情が刻みこまれるのを、レジナルド・ブルは見た。混沌としたアフィリーの世界では、生きのこりをかけた戦いが仮借なくくりひろげられる。敵の意図はわからないが、目的達成のためなら強引な行動をとることは明らか。これから何度でも捨て身の攻撃をくりかえすだろう。アフィリカーたちからイーシェンを永遠に守るには、敵の突撃部隊を殲滅するしかない。

ロボットと人間の小隊は谷底に到達するところだ。その進行方向からはまだ目標がわからない。数百メートル北、森に続く道に出る手前で、ふたたび突撃部隊は方向を変えた。町の北東端をめざしているのがよりはっきりとわかる。

「砲撃二十秒前！」と、スピーカーからの声。

その直後、突撃部隊が横にひろく散開した。ロボットで構成される両翼が前進するが、中央に陣どった人間は動かない。まるで包囲網を敷くかのようだ。次の瞬間、敵がどこに突撃するつもりなのかを、レジナルド・ブルは悟った。半円をなす陣形の中央……ちょうど敵の正面に、一軒の家がある。

「砲撃十秒前！」と、スピーカー音声。

「やめろ、撃つな！」と、ブルが叫んだ。

シャオ・リ・ツェンが驚いて振りかえる。

「わたしがこの目でようすを見てきます」ブルは、たずねるようなシャオの視線に答えていった。「砲撃を中止してください！」

老人はうなずき、おさえた声で命令を出した。スピーカーから、

「砲撃、一時中止！　砲撃態勢は維持せよ」

「狙いはあなたなのだね？」と、シャオ・リ・ツェン。

その問いには言外の意味がかくされている。なぜ、アフィリカーたちがよりによってアモウアルを狙うのか、と。ブルはそれには触れず、

「かれらの目的を探ります。接近すれば、なにかわかるかもしれない」

「それは危険だ！」と、老人が警告。

「危険をかえりみている場合ではないのです」と、はねつけるようにいう。

ブルは腰につけた武器の安全装置がはずれていることを確認すると、闇のなかに消え

ていった。

＊

藪を掩体《えんたい》にとり、通りの反対側を進む。暗闇のなか、スクリーンの明るさに慣れた目で敵を探すのはつらい。まず、音のするほうに向かった。ロボットの規則正しい重い足音がはっきりと聞きとれる。周囲の家々では、ふだんどおりの夜の団欒が演じられていた。警報をうけ、イーシェンの人々は平静をたもっている。一方、敵はいぶかしんでいるようだ……なぜ攻撃されないのか、と。

突然、黒い集団が前方にあらわれた。ブルは身を低くして、おしころした話し声に耳をすます。

「包囲完了！」と、声がした。

「ロボットは前に！」と、べつの声が命令。

「ロボット前進！」

レジナルド・ブルは集団に接近。自宅の玄関からちょうど五十メートルのところだ。目の前の小隊は兵士八名で構成されている。左右から家に接近するK＝2の影が見てとれた。命令どおりに前進し、数体が家のなかに消えた。どこかでテレカムの発する低い音がする。相手の声は聞きとれないが、ロボットの音声だろう。テレカムを装備した兵士の言葉が耳にはいった。

「男は家にいないぞ！」

小隊は呆然としている。目標不在の可能性を考えていなかったのだ。

「町を捜索しなければ」と、だれかの声。「ブルを連れずに帰ったら、クラットは許さないぞ」

レジナルド・ブルは驚きのあまり動きをとめた。アフィリカーにマスクの秘密を知られていたとは！　ここに住むのがアモウアルではなくレジナルド・ブルだと、かれらはわかっている。しかも、命令をくだしたのはトレヴォル・カサルの悪名高き副官、ヘイリン・クラットだ。

アフィリカーたちは目の前で協議。テレカムを装備した男が、グライダーのもとにのこる小隊としばらく交信する。すべては聞きとれないが、ブルを探して町じゅうを捜索すると決めたことは充分に理解できた。ブルが敵の近くにいるかぎり、シャオ・リ・ツェンは攻撃ができない。突撃部隊が町になだれこむのを阻止しなければならないというのに。

ブルは慎重に後退。しかし、現実は甘くなかったようだ。ひそんでいる藪の後方で、草を踏む音がした。ロボットの耳ざわりな音声が響く。

「だれかいます！」

ブルはわきに身を投げ、ロボットの腕をかわした。何世紀にもわたる経験で培った迅速さがものをいう。しかし、反対側から照らす投光器の光芒に全身をとらえられた。大声があがる。

「レジナルド・ブルだ！」

とんでもないことになった。

＊

ひとりでに武器に手が伸びる。すぐ近くで、K＝2が藪をかきわける音がした。目標の人物にどう対処するか明確な指示をうけていないらしく、動きが鈍い。

投光器のあたりに向けてブラスターを発射。おや指ほどの太さのエネルギー・ビームが飛び、悲鳴があがる。投光器の光芒が闇に大きく弧を描き、地面にあたって消えた。

レジナルド・ブルは振りかえって、ほっとした。圧倒的に不利なこの状況で、無鉄砲な行為は意味がない。シャオ・リ・ツェンが危機を判断して援護してくれると期待するほかなかった。走って通りを横切る。命令を叫ぶ声につづいて、K＝2の重々しい足音が聞こえた。背後に敵のビームがきらめいたが、十メートル以上もそれて消える。

ブルがめざすのは司令本部がある建物だ。しかし、追っ手がすぐうしろにいるため、まっすぐに向かうのはまずい。まずは追っ手を振りきらなければ。イーシェンの住民を裏切るわけにはいかない。西側斜面を百メートルほど駆けのぼり、そこで方向を変えて谷に向かった。一瞬、立ちどまって耳をすます。追っ手の気配はしない。安全が確保できたと判断し、歩調をゆるめて前進。めざす司令本部が闇のなかに見えた。藪のわきをとおりすぎるとき、怪しい物音を耳にし、根が生えたように立ちつくす。

藪のかげから、痩《や》せた男の姿があらわれた。

「シャオ……！」思わず言葉が洩れる。

「驚くにはおよばない」と、老人は儀式ばった口調でいった。

ブルは武器をベルトにもどし、

「おひとりで夜の散歩は危険ですぞ」と、非難するように、「もうすこしで撃ち殺してしまうところだった」

「あなたの反射神経を信頼しているから」老人はひかえめに反論し、「わたしは年よりだが、耳はいい。あなたはレジナルド・ブル国家元帥ですな？」

ブルはこの華奢な老人に感銘をおぼえた。耳がいいといっても、敵がブルの名を叫んだ地点はここから遠く、ヤマネコですら聞きとれないほどはなれている。シャオ・リ・ツェンはあの場にいたにちがいない……弱々しく見える老人なのに、K＝2のはげしい攻撃を無傷でかわしたのだ！

「そのとおり。レジナルド・ブルだ！」

シャオ・リ・ツェンはうやうやしくこうべを垂れ、

「ご自身の秘密を打ち明けてくださる状況になかったのは、遺憾なこと」と、おしころした声で、「敵は国家元帥の名を出したが、お望みならば、あなたの本名はかくしておきましょう。わたしは年老いた。まだ若かったころには、故郷の太陽を目にしたものだが。人類がいかに大きな不幸に見舞われたか、承知しています。あなたはわたしにとり、敬うべき秩序の代表者だ。忠誠心の証《あか》しとして、この約束をうけいれてください」

老人はふたたびこうべを垂れた。レジナルド・ブルは言葉を探したが、やがて、

「礼をいう。さ、もどろう！　敵をこの町にいれてはならない」

老人が先に立って司令本部にはいった。だれもが期待に満ちた目をして、沈黙をたもっている。スクリーンにはロボット部隊のようすがうつしだされていた。町の北端に点在する地所をとおりすぎ、通りを接近してくる。敵が町にはいってしまえば、効果的な砲撃はできない。家々に被害が出ないよう、慎重にならざるをえないから。

全員の視線がシャオ・リ・ツェンに向けられる。

「攻撃命令をくだす！」老人は力強い声を発した。

＊

敵はまたたく間に屈辱的な最期を遂げた。

斜面に配備したエネルギー兵器が発射されると、敵はいっせいに逃走。ロボットは的確な指示もあたえられないまま、あてもなくさまよった。

グライダーにのこった小隊も同時に攻撃をうける。逃げおおせた者はいなかった。砲撃は正確で仮借ない。ちいさな楽園を守りぬくと決心したイーシェン住民にとり、哀れみの感情は許されないのだ。

砲撃の轟音がやみ、K＝2の爆発音が消えると、ようやく人々が家の外に姿を見せた。通りを行ったりきたりして、煙をあげるロボットの残骸の山に目をみはる。イーシェン側の損失は皆無《かいむ》だった。被害をこうむった家は一軒もない。

真夜中すぎ、ワン・ユ・チが町にもどってきた。谷に異変が起きたことを察知し、充分にはなれた地点にひとまず着陸する。エネルギー砲が飛びかうのを見て、町が攻撃されたことを知った。それでも、人々が強い意志で町を守ると信じていたから、砲撃がしずまるとまっすぐ町にもどった。危機が本当に去ったかどうかたしかめるまでもない。

敵の殲滅を確認すると、司令本部は解散した。畏敬の念の証しとして、シャオ・リ・ツェンはレジナルド・ブルを家まで送った。

「国家元帥の名を明かせば、ワン・ユ・チも秘密を打ち明ける気になるのではないだろうか。あなたさえよければ、ためしてみますが」道すがら、老人はいった。

ブルはかぶりを振って、

「その必要もないし、むだだろう。秘密はわたし自身が探りあてる。とはいえ、ワンはあまり多くを知らないと思う。満足の寄贈者の背後にかくれた真相を知るのは、この地の人々のだれでもないのだ。わたしがそれを暴いてみせる」

「そうなさってください」老人はいった。

「そろそろ別れのときがくるだろう」と、ブルはつづけ、「挨拶すらできないかもしれない。あなたに感謝していることを、知っていてもらいたい」

「どういたしまして」と、老人はうけながし、「もう長くおもてなしできないのは残念ですよ」

「あなたがたにとり、わたしは危険な存在なのだ。今回の攻撃を命じたのはヘイリン・クラットだ。その名を耳にしたことがあるならわかるだろうが、また攻撃してくるにちがいない。自分にしたがう者がいるかぎり、わたしを追いつづけるはず。わたしが去ったあと、アモウアルという名の男はもうイーシェンにいないと、ひろく世間にしめしていただきたい」

「承知しました。ご配慮、痛みいります」と、シャオ・リ・ツェンは答えた。

家の前につくと、ブルは握手の手をさしのべ、

「もう会う機会はないかもしれない。あなたの熱望する平和が訪れるように祈っている……たとえ、われわれの惑星がブラックホールにのみこまれようとも」

＊

翌日、レジナルド・ブルはタ・ウェン・タンを探した。しかし、あの不信感にとらわれたたくましい男の姿はどこにもなかった。かれを知る人々にたずねてみたが、きのうの朝以来、だれも見かけていないという。

裏切り者はタ・ウェン・タンにちがいない。おそらく、みずから敵側にくわわり、討ち死にしたのだろう。ブルはタの自宅を捜索する許可をとったが、奇妙な事件を裏づける証拠は見つからなかった。タ・ウェン・タンはどのようにしてマスクの下にあるレジナルド・ブルの素顔を知ったのだろうか。〝ピル・ジャンキー〟の身で、なぜアフィリカーとともに行動したのか。

答えは永遠に得られないかもしれない。ただし、ひとつだけヒントとなる事実が判明した。タ・ウェン・タンは何週間も前から町を留守にし、ラオ・キッチェナーが宇宙港を奇襲攻撃する二日前、ようやくもどってきていた。ということは、ブルを追跡してイーシェンまできたとも考えられる。

クラットの襲撃から四日後、レジナルド・ブルは正午ごろ、いつもの散歩に出かけた。イーシェンの人々にとり、ブルが毎日何時間も町の周辺を歩きまわるのは見慣れた光景である。その日、かれが西斜面を登って頂きの向こうに姿を消しても、気にする者はいなかった。

ブルは山の頂きに立ってこうべをめぐらし、谷を見おろした。きょうワン・ユ・チが出かけるとしたら、西の方角をめざすはず。追跡を実行するのはこの日と決めていた。古いちいさな町に愛情をこめた視線を向けたのはそのためである。

こうしてイーシェンを眺めるのはきょうが最後……本当の最後だ。

二時間ほど歩いて、グライダーをかくした地点についた。保安処置をチェックし、機に触れた者がいないことを確認。ここにくるたびに同じことをくりかえしてきた。機内はおそろしく暑い。ブルは乗りこみ、キャノピーを閉じて空調をつけると、探知機を調整した。ワン・ユ・チのグライダーが発する探知リフレックスだけに反応する装置が付加してある。とはいえ、不安材料がふたつあった。ワンがきょうは出かけないかもしれないし、いつもと違うグライダーで飛ぶ可能性もある。

十五時ごろ、探知機が低い警報音を鳴らした。はっとして探知スクリーンを調節。スクリーンの青く輝く水平線の上に、特徴ある光点を認めた。ワン・ユ・チのグライダーである。ブルはエンジンを作動させ、かくれ場から慎重にスタート。もっとも近い尾根をめざした。

5

二時間以上が経過した。ブルのグライダーはファンシとチァユの町をすぎ、フン湖とトゥンティン湖の上空にさしかかる。

はるか眼下にひろがるのは、かつて賑わった工業地帯だ。ところどころ緑におおわれ、廃墟のようにさびれた感を呈《てい》している。ここがテラでもっとも繁栄した地域のひとつであった世紀を思うと、心に悲哀が忍びよった。

それはわずか百二十年前……大変動の時期の解釈を変えれば、百四十年前のこと。人間の記憶というものは、多くの出来ごとのなかに消えていく。それでも、この百数十年の歳月はひとつの完全な時代をあらわしていた。それ以前の人類全史よりも、ずっと多くの重要な変動をもたらしたのだから。

レジナルド・ブルはおちつきなく、視線を探知機のスクリーンに落とした。探知リフレックスのポジションが変化している。高度四百メートルをたもってきたワン・ユ・チのグライダーが下降をはじめたのだ。二機の間隔は三十キロメートル。ブルは速度を増間隔をつめなければならない。ワンのグライダーが眼下の地形のどこかにかくれてしまえば、探知は困難になる。

眼下にトゥンティン湖がひろがっていた。南にあたる左手には、靄《もや》のなかからハンショウの町があらわれる。細長い島を越えると、湖の西岸が視界にはいった。そのあたりは湖に大きくつきだした半島になっており、低木や竹が繁茂する未開の地だ。

二機の間隔は八キロメートルにまで縮まる。そのとき、ワンのグライダーがスクリーンから消えた。ブルはその地点を記録して飛びつづけ、北西方向から接近。最後の二キロメートルはエンジンの出力を絞り、木々の梢をかすめて地上すれすれを飛んだ。竹藪にかこまれたちいさな空き地に着陸する。ワン・ユ・チのグライダーが姿を消した地点から、半キロメートルとはなれていない。

最重要の機器を鞄にしまい、ハーネスで肩に固定する。さしあたり、グライダーにもどることはないだろう。竹藪にはいってあたりを探っていると、エンジン音が聞こえてきた。その方向にワン・ユ・チがいるはず。音をたてるのも気にせず、深い藪のなかを進んだ。エンジン音が大きくなる。前方のどこかに、かなりの数のグライダーが待機しているにちがいない。

数百メートル進むと、大きな空き地のへりに出た。さまざまな型式のグライダー八機が停まっている。パイロットは男性六名に女性二名で、機を降りて集まっていた。話をする者はすくなく、なにかを待っているようだ。グライダーは空き地の中央ではなく、すこしわきにかためて停めてある。

その理由はまもなく明らかになった。どこからともなく低い振動音が聞こえてきたのだ。空き地の男女が見あげると、竹藪の上に、独特なかたちをした巨大な乗り物があらわれた。幅がひろくたいらで、着陸艇のように見える。おもだった構造体はなく、あるのは貨物プラットフォームのみだ。奇妙な乗り物は空き地の中央に着陸。ブルは息もつがず、そのようすを凝視した。機体はくすんだ黒色の材質でできている。操縦士は見あたらない。はじめて見るタイプの乗り物であることはたしかだ。

緊張したまま見ていると、プラットフォームの上部ハッチが音もなく開いた。内部から、イカの足のようなかたちをしたデリックがあらわれる。その先端で直方体の箱を持ちあげ、待機していたグライダーの貨物室に運ぶ。作業は迅速かつ的確に進められた。パイロットの男女は興味なさそうに眺めている。これまで同じ光景を何度となく見てきたのだろう。

作業開始から十分後、グライダーの貨物室が満杯となった。デリックは動きをとめたが、プラットフォームのハッチは開いたままだ。パイロット八名はそれぞれのグライダーにもどると、エンジンを作動。一機ずつ空き地をスタートしていく。二十分後、空き地には巨大輸送機がのこるだけとなった。

レジナルド・ブルは立ちあがり、わずかな時間で作戦を練った。とてつもない作戦である……この状況でなければ考えもしないような。しかし、いまは選択の余地がまったくない。危険は覚悟のうえだ。

かくれ場を出て空き地に向かう。一瞬立ちどまり、待った。黒い輸送機は微動だにせず、罠とわかるメカニズムがあるようにはまったく見えない。ふたたび歩きだし、機に近づいた。神経がはりつめる。瞬時に反応する用意はできていた。砂地を踏む足音が異様なまでに大きく響く。

ついに、輸送機の黒い外殻の前についた。機体の上端は手を伸ばせばとどくところにある。肩に固定した鞄のハーネスを締めなおすと、腕を伸ばして縁をつかみ、いっきにからだをひきあげた。身をのりだすと、いくつもの場所に仕切られた貨物室が見わたせる。中央にハッチのヒンジがあった。目の前には高さ二メートル、ひろさ九メートル四方ほどの正方形の貨物室が口を開けている。

さらにからだをひきあげ、機内に跳びおりた。奇妙な匂いが鼻をつく。あたりを見まわすが、気になるものはなにもない。ブルは床にすわりこんだ。愉快な気分とはいえなかった……輸送機の囚人となったのだから。作戦の可否を左右するのは自分ではない。結果は、わが身を託した未知の力の出方しだいだ。たとえば、この輸送機が大気のなくなる高度まで上昇したら、どうなるか。ハッチが密閉されるとはかぎらない。

楽しくもない想像をしていると、突然、頭上に影がさした。見あげると、重そうなハッチが閉まっていく。あたりはいきなり闇につつまれた。その直後、輸送機の深部でうなりがあがる。エンジンが作動したのだ。軽い衝撃を感じる。

輸送機はスタートした。

この瞬間、ブルは思った。アイアンサイドの自信に満ちたおちつきが自分にもそなわっているといいのだが。ばかげた行動に出てしまったのではないかと、不安がよぎる。おろかな自分に腹がたった。

＊

輸送機は二時間ほど安定した飛行をつづけた。高度によるさまざまな気圧の違いを感じる。わずかに涼しくなったが、呼吸するのに問題はまったくない。

時間の経過とともに圧迫感が薄らいでいく。輸送機の内部にいるかぎり、心配するようなことはなさそうだ。待ちうける脅威に全力で立ち向かうことになるのは、ここから出たあとだろう。

そのとき、エンジン音に変化があらわれた。速度が落ちたようだ。気圧の変化で耳がつまり、ブルは何度か唾をのみこんだ。高度も下がっている。

数分後、エンジン音は低いうなりにまでちいさくなった。きわめてゆっくりとした速度が感じられる。重い金属部分がこすれあうような音が外から聞こえてきた。突然、機体が揺れ、数秒後にエンジン音が消滅。見あげると、頭上のハッチがしずかに動き、ほのかな赤い光がさしこんでいる。ブルは立ちあがり、貨物室の上の縁までよじのぼった。光は弱く、まわりのようすははっきりしない。だが、広大なホールにいることはわかった。見慣れない型の輸送機が数機ある。ホールは壁も床も天井も、自然の岩でできているようだ。見わたすかぎり、均整のとれた平面はひとつもない。四辺も角もすべて不ぞろいな四角形を見ているようである。

ブルはかくれ場から這いだした。ホールは涼しい。動くものはなにひとつなく、完璧な静寂に満たされている。自分を乗せた輸送機がはいってきたと思われる入口を探すが、見つからない。おそらく進入路のような横坑があり、入口は自動で開閉するのだろう。地下か岩山を掘ってつくった施設であるのはまちがいない。長い一辺の壁に複数の開口部がある。輸送機が通るにはせますぎるが、まずはそこを探ってみよう。

開口部の高さは二メートル半。それが十メートル間隔で十四カ所ある。十メートルというのは輸送機の長さに相当し、貨物室までの高さは二メートルあまり。機に積みこむ荷物がこの開口部から出てくるのは明らかだ。荷積みは自動化されている。輸送機が開口部の前に停まると、トゥンティン湖畔の空き地で目にした直方体の箱が開口部から滑りだすしくみだろう。

設備の内部を調べるには開口部にはいるしかない。ブルは一瞬ためらった。いま立っているところから開口部のなかは一メートルたりとものぞくことができず、奥のようすはうかがえない。おそらく、そこから上方に向かって縦坑か横坑がのびているのだろう。穴のなかにはいっているときに荷積み作業がはじまれば、箱とともに押しながされてしまうかもしれない。

気がかりなことはまだある。壁や天井に不規則に埋めこまれた照明板は、ロボット制御の施設に典型的な装置だ。ロボットの視覚は可視光線と赤外線の境界あたりの波長にもっとも効果的に反応する。照明が設置されているからには、ここにあるのは固定された自動機械だけではないはず。視覚をたよりに保守や監視をになう可動式ロボットが配備されているにちがいない。

そのようなロボットから身を守る必要がある。排除すべき異物とみなされるのは疑いない。穴の奥でロボットに遭遇するのは、なんとしても避けたかった。そこではほとんどからだの自由がきかないから。

ブルはついに覚悟を決め、ジャンプして開口部の縁をつかんだ。からだをひきあげる。穴は直径一メートル半のほぼ円形をしていた。しばらくかがんで内部をうかがう。

予想どおり、横坑が上方にのびていた。壁のそこかしこに照明板が埋めこまれている。つまり、横坑の内部でもロボットが活動するということ。凹凸ひとつない滑らかな壁面は、重力だけを利用して箱を輸送することを意図したものだ。

だが、ブルにとってはこの滑らかさが障害となる。前進するのは困難をきわめるだろう。

＊

三時間以上も登り勾配の横坑と格闘をつづけているが、五百メートルも前進しない。しかし、さいわいなことに穴は曲がりくねっていた。足を滑らせてバランスを失っても、直近のカーブのところで落ちるのを食いとめられ、また登りだすことができる。

横坑の入口についたときには、最低でも全工程の三倍の長さをこなしたことになるはず……三メートル進んで二メートル落ちるという現実にしたがえば。

はじめて物音を耳にしたのは、あと三分の一ぐらいだろうかという地点だった。音はしだいに大きくなる。断続的に聞こえる低い音で、機械の作動音のようだ。だれかが水遊びをするような音にも聞こえるが、その正体は見当がつかない。輸送機の機内で嗅いだ奇妙な匂いをふたたび感じた。すっかり鼻が慣れていたのだが、ここにきて匂いが強くなったため、あらためて気づいたのだ。

ようやく横坑の入口に到達。目の前に、作業アームを十二本以上そなえたグロテスクなかたちの機械があった。箱を横坑に落とす役割をになっているようだ。いまは作業アームは静止しているが、その可動域にはいらないよう気をつけて近づく。

ついに、設備を観察する機会がめぐってきたわけだ。はじめてこの光景を目にしたとき、あやうく目まいを起こすところだった。巨大な部屋には、ひとつとして水平面や垂直面が存在しない。どこもかたむいているか、湾曲している。部屋はくさび形をしていて、横坑の入口あたりがいちばんひろい部分だ。入口のすぐ上の壁は内側に傾斜している。床はちょうどくさびがせばまるように、奥に向かってせまくなっていく。床は三千平方メートルほどのひろさがあり、前方にも左側にも傾斜していた。

このかたむいた床の上に、見たこともない大小の機械が乱雑におかれている。天井や壁にそって透明のチューブやパイプがはしり、粘性の強い液体が音をたてて流れていた。なにもかもが複雑な姿をしているため、この部屋で遂行されるはずの工程すべてを区別するのは不可能だ。流れる液体が完成品か、途中段階のものかも判断できない。ひとつだけ明らかなのは、ここが謎の薬物の〝製造工場〟ということ。

工場はほかにもあるかもしれない。ワン・ユ・チの向かう全目的地で供給される〝ピル〟が、ここだけで製造されたとは断言できないから。

これは人間の考える建造物ではない。人智を超えた存在である知性体がつくったのだろう。かたむいた面、グロテスクな巨大機械、くさび形の部屋……すべて、言葉では表現できない未知の頭脳による産物だ。ここにはあたり前の建築法則がなく、目的にかなうという概念のみが存在する。部屋はたんに岩盤の層にそって掘られたもの。それに対し、機械はレジナルド・ブルも知らない原理のもとに作動している。

個々の機能は推測できないが、すべての機械が〝ピル〟製造に関わっているのは明らか。しかし、制御に関係する機械はひとつもない。どこで制御しているのか？　未知なる力がこの設備を建造したとしめす証拠が見つかれば、機械の制御中枢を探りあてられるにちがいない。

レジナルド・ブルの視線はかたむいた床面にそって、くさび形がせばまるほうへ流れた。照明は薄暗く、先を見通すことはできない。行きどまりになっているのか？　探す制御中枢は、あの先にあるような気がするのだが。

登り勾配の床を進んだ。前方が二十五パーセントほど高くなっている。部屋のなかは輸送機が停まっていたホールよりも暑い。ブルは汗だくになった。

なにも考えられなくなったころ、目のすみにかすかな動きを感じて立ちどまった。不恰好なかたちをしたロボットが猛烈な勢いで近づいてくる。

ブルは武器に手を伸ばした。

＊

洋梨型をしたロボットが〝軸〟のほうを前にして飛んでくる。一メートルほどの長さがあり、人工重力フィールドに乗って移動しているようだ。くすんだ表面には機器類がいくつか見えるが、その機能まではわからない。

ロボットは侵入者を未知物体と認め、排除しようとやってきたのだ。速度を増して接近してくる。レジナルド・ブルは目をはなさないようにした。

二メートル手前で、ロボットは静止。侵入者をすばやく観察している。ブルが動かなかったため、未知物体に危険はないと納得したらしく、接近したときよりもゆっくりした速度ではなれていった。それで終わったわけではない。ふたたびブルが動きだすと、べつの方向から、あらたなロボットがあらわれたのだ。いびつなさいころ型で、突起がいくつもある。洋梨型ロボットよりはるかに大きく、同じように人工重力フィールドに乗っていた。ブルの直前までくると、柔軟な作業アームを三本伸ばした。このままではつかまってしまう。

すばやくこうべをめぐらした。洋梨型ロボットの姿はない。とにかく、つかまっては困る。抵抗するしかない。ロボットの任務は、未知物体を二度とじゃまにならないところにかたづけることなのだから……おそらく、分子破壊室に。

ブルは発砲した。アームの一本がひきさかれ、かたむいた床に落ちて滑る。ロボットは気にするようすもなく、のこりの二本をまっすぐ伸ばしてきた。ブルはさらに二度発砲。すべてのアームを破壊すると、すばやくあたりを見まわす。未知物体は危険だと気づき、洋梨型ロボットがふたたび姿をあらわすかもしれない。

さいころ型ロボットは背を向けた。アームをすべて失ったため、任務は達成できないと認めて部屋の奥の暗がりにもどっていく。もう躊躇《ちゅうちょ》している場合ではなかった。ロボット・システムにわずかでも理性が存在するなら、ふたたび襲われて徹底的に無力化されるだろう。明確な目的をあたえてしまったのだから。助かるには、周囲の機械類を利用するしかない。

すぐそばにある巨大機械に駆けよった。カバーはなく、内部がよく見える。絡みあうケーブルやパイプ類、スイッチ類、後方に動く輝くアームがある。一瞬考えて、そのなかにからだを押しこんだ。金属導線からどうにか距離をとる。どれほどの電圧がかかっているかわからないので、ごくゆっくりと前進するしかない。ようやく二、三メートル奥までもぐりこむことができた。視力のよくないロボットには、機械構造の一部に見えるはず。

じっとして、ようすをうかがう。まわりのものにじゃまされて、視野はせまいものの、洋梨型ロボット二体が動いているのが見えた。さいころ型ロボットと攻防戦を繰りひろげたあたりである。侵入者を探しているのは明らかだ。ロボットの円軌道がしだいに大きくなる。まもなく、ブルが身をかくしている機械のところに達するだろう。

期待どおりロボットの視力が悪いことを祈るのみ！　おそらく、あざむくトリックはあるはずだ。ブルは銃のグリップを握りしめた。ロボットに感知されたら、撃つしかない。洋梨型ロボットの数は多くなさそうだ。一体は始末できるだろう。ロボットのほうから攻撃してくるとは思えない。本来の任務は機械の保守だから。その機械内部にかくれているかぎり、すこしは安心できる。

問題はただひとつ。ここで閉じこめられたまま、兵糧攻め《ひょうろうぜ》にあうかもしれない！

洋梨型ロボット一体が機械に接近し、正面にきてとまった。先細の前面部分に複数の突起がある。そこにすべての視覚機能があるにちがいない。見つめられているように感じる。やがて、ロボットの内部から甲高い音が発せられた。二体めが意味のない捜索を中止し、そばにやってくる。

二体は機械のパイプや配線、ピストンやスイッチ類があるほうにまわりこみ、なかをのぞきこんだ。レジナルド・ブルは不安をつのらせた。どうにかしなければ。銃身をあげ、左側のロボットに狙いを定める。引き金においた指に、ゆっくりと力をこめ……

そのとき、なにかが起きた！　はじめは事態がのみこめなかったが、しばらくして、パイプのなかを流れる液体の音がやんでいることに気づく。巨大な部屋に静寂がひろがっていき、機械類も動きをとめた。洋梨型ロボット二体がぐらりとかたむき、音をたてて床に倒れる。

一瞬のち、自分の身に訪れた幸運を理解した。洋梨型ロボットと対決する寸前に、なにかが起きたのだ。

なんらかの欠陥が施設全体を麻痺させたのだろうか。この静寂は永遠につづくのか、それとも一時的なのか。時間をむだにすることは許されない。施設の欠陥が原因なら、遅かれ早かれ復旧するだろう。それまでのあいだに、洋梨型ロボットから身を守る場所を見つけなければ。

目標はくさび形の部屋の尖端だ。ブルは機械の内部から這いだした。ようやく自由の身となって大きく息をつき、動きをとめたロボットをちらりと見やる。

登り勾配の床を、ふたたび前進しはじめた。

＊

レジナルド・ブルが思ったとおり、くさび形の部屋の尖端は行きどまりではなかった。幅二メートル、高さ十メートルの通廊が岩盤の奥につづいている。驚いたことに、黄色の照明が輝いていた。ほのかな赤い光に慣れた目にはまぶしすぎる。

この施設には、自立して作動するエネルギー供給システムと電力回路があるということ。ロボットや機械は動きをとめたが、照明は機能している。ほかに動いている装置はあるのか？　通廊は施設の制御中枢に通じると思われるが、そこで洋梨型ロボットよりも威力のある防衛メカニズムが作動している可能性は？

くさび形の部屋の床と同じように、通廊も急勾配で登っており、左にカーブしていた。ときどき立ちどまっては、耳をすます。後方はしずかで、前方にも動きはない。通廊の終点でなにが待ちうけているのだろう。想像すらできない。この施設の考案者は人間の頭脳を超える存在だから。

だが、ブルには確信があった。自分はその未知なる力を知っている！

通廊の幅がひろがった。数メートル先に、左右からべつの通廊が合流しているのが見える。自然と足がとまった。あの合流点には危険の匂いがする。脅威を感じたが、それでも足を踏みだした。武器は手にしている。たとえ相手がだれであろうと、不意打ちはくらわない……

しかし、結局は不意打ちをくらう羽目になるのだが。

慎重に合流点に近づく。左右の通廊は真っ暗で、照明がついているのはブルが進む通廊のみ。

そのとき、右の通廊からしゅっという音がした。聞きおぼえのある発射音に、ブルはとっさに反応。わきに跳んで、通廊の闇にブラスターを発射した。しかし、その動きは機敏さに欠け、一メートルも跳躍できない。狙いの定まらないビームが目の前の壁にあたっただけだ。

痺れが足もとから這いあがってくる。直撃はまぬがれたものの、パラライザーの威力は大きい。膝が萎え、床にくずおれた。力のぬけた腕から武器が落ちる。意識をたもとうと懸命にこらえた。必死に抵抗したおかげで、どうにか失神はせずにすんだ。

しかし、からだは動かない。視覚や聴覚に問題はないが、筋肉だけがいうことを聞かないのだ。頭すら動かせなかった。目を見ひらき、高い天井を凝視する。そのとき、右側から足音がそっと近づいてきた。岩壁にうつる影が大きくなる。視界に男の顔がはいった。

タ・ウェン・タン……！

裏切り者はつかのまブルの顔を眺めると、無言で背を向けた。ふたたび足音が聞こえる。敵があちこちから集まってくるのだろう。綿密にしくまれた罠に落ちたのだ。それにしても、タ・ウェン・タンはどこからきたのか。どのようにして施設に侵入したのか。そもそも、自分がここにいるとどうしてわかったのか。

左右から二名の顔があらわれた。筋肉を動かすことができたなら、レジナルド・ブルの顔に狼狽の表情が浮かんだにちがいない。驚くべきことが起きるとは予想していたが、このふたりに会うとは夢にも思わなかった。

ヘイリン・クラットだ！

もうひとりは、独裁者トレヴォル・カサル……！

6

クラットの禁欲的な顔はすぐに消え、トレヴォル・カサルだけが視界にのこった。ブルを見つめ、

「マスクをつけてはいるが、あなたはわたしのよく知る人物だ。〝エモシオ政府〟の最後の代表がわれわれの手におちた……純粋理性にとり、これは重要なこと」

カサルは事務的な口調で冷静にいった。顔も無表情だ。

「世間に告げなければならない」と、つづける。「あなたは公けの世界から粛清されることになる」

麻痺しているというのに、レジナルド・ブルのからだに悪寒《おかん》がはしった。ひどく混乱し、いまだに疑問がくすぶっている。トレヴォル・カサルはどうやってここにきたのか。どのようにして罠をしかけたのか。施設の考案者をつきとめたと考えたのは大きな勘違いだったのだろうか。この施設はアフィリカーがつくったのか？

トレヴォル・カサルはブルの考えを読んだかのように、

「純粋理性が最後には勝利する。われわれ、ここや同様の施設を次々と探りあてたのだ。だれが〝ピル〟を製造しているのか、それをもちいてなにをしようとしているのか、答えがわかりしだい、施設のすべてを破壊する。あなたがわれわれの手におちたのは偶然のたまものだが、どうやら同じ考えだったようだな。〝ピル〟の消費量が多い場所……たとえばイーシェンで調査をはじめ、そこからシュプールを追ったわけだ。わたしはそういう場所に手の者を送りこみ、類似の施設を九カ所発見した。ぜんぶで二十の施設があると見ている。のこりの十一カ所も探しあてるだろう。

スパイとして故郷イーシェンに送りこまれたタ・ウェン・タンは、アモウアルなる人物が同一のシュプールを追っていることに気づき、個人識別コードを送ってきた。それであなたの正体がわかったのだ。イーシェンでつかまえるのは失敗に終わったが、タ・ウェン・タンは前もって準備をしておいた」

つかのま、トレヴォル・カサルの顔が視界から消えた。すぐまたあらわれて、ブルがハーネスで肩に固定した鞄を揺らし、

「グライダーのかくし場所を見つけたのだよ。機器類のなかにマイクロ・コード発信機をしこむのはたやすい。おかげで、あなたのシュプールを追跡できた。行き先がこの施設であることは数時間前からわかっていたので、先まわりしたのさ。この種の施設につきものの危険は熟知しているし、制御中枢の場所もわかっている。そこから、監視ロボ

ット二体が迫るのを見た。精神を持たないロボットに、あなたを排除させるわけにはいかない。だから、設備のすべてをショートさせたのだ」

カサルは口をつぐむと、レジナルド・ブルの視界から消える。考える時間があたえられた。通廊のせまい合流点が騒々しくなり、見知らぬ者やK＝2が次々と視界にあらわれては消えていく。

ブルの頭は目まぐるしく回転した。トレヴォル・カサルが真実を語ったのはまちがいない。すると、アフィリカーはこの種の施設を複数発見したわけだ。とはいえ、地下工場をつくった未知の力についてはブルと同様、多くを知らないらしい。

ブルは自分の仮説がまだくつがえらないことに満足した。あらためて、アフィリカーの正確さに納得させられる。カサルは設備を〝ショートさせた〟といった。つまり、スイッチを押してオフにするほど装置のメカニズムを把握していないということ。おそらく、重要なエレメントを力ずくで破壊したのだろう。だとすると、設備の自動修復機能が作動するかもしれない。修復に成功すれば、施設に損傷をあたえた者を攻撃する可能性も考えられる。トレヴォル・カサルたちはみずからが考える以上に、危機的状況に立たされているわけだ。

タ・ウェン・タンに幼稚な手口でだまされたことには腹がたつ。ワン・ユ・チの追跡をはじめる前に、機器類を徹底的に調べるべきだった。アフィリカーのイーシェン襲撃が失敗に終わり、突撃部隊が全滅したことで、もう恐れるものはないと安心しきっていたのだ。タ・ウェン・タンがもちいたのは、二十世紀に国家の情報機関が多用した古くさいやり方だというのに。

生きのこれるチャンスを探ってみる。トレヴォル・カサルと部下は、ここからぶじに脱出したら即刻、脅しを実行にうつしてレジナルド・ブルを粛清するだろう。考えなおすことはない。純粋理性にとり、もと政府首席の死は恰好の宣伝となるのだから。トレヴォル・カサルの脱出はなんとしても阻止したい。とはいえ、この謎の施設にそなわる防衛能力をあてにできるかどうか。ブル自身がイニシアティヴをとって行動できれば、いちばんいいのだが。

できるだけ慎重に右腕を動かす。麻痺の感覚はやわらいでいた。指の痺れが治っていることがわかり、気が楽になった。

＊

無限のハイパー空間を、ふたたびシグナルが飛びかう。今回、情報交換の口火を切ったのは、下位のパートナーのほうである。

パートナー2：状況報告。反感対象が最終段階を妨害しようとしている。重大な妨害の心配はない。現状は〝奴隷〟のコントロール下にある。

パートナー1：いかなる妨害行為も排除されなければならない。臨界点が目前に迫っている。完全なる静寂が要求されるため、ただちに鎮圧せよ。折りかえし、報告をもとめる。
パートナー2：折りかえし、報告する……
〝奴隷〟と名乗っているにもかかわらず、パートナー2は自立性をそなえている。反感対象のなかに共感対象がひとり存在することについては沈黙した。

＊

ざわめきのなかからトレヴォル・カサルの声があがった。

「出撃開始！　基点となるのは、ショートさせた制御中枢だ。K＝2四体が前衛となれ。計測ロボットがつづく。われわれがしんがりだ。K＝2一体、こちらにこい」

レジナルド・ブルの耳に、トレヴォル・カサルの前に進みでるロボットの重い足音がとどいた。

「命令うけいれ！」と、カサル。

それは、次が命令だとロボットに理解させる合言葉だ。

「この男を監視せよ」カサルの言葉を聞き、ブルは自分を指さしているのだろうと思った。「動いたら、弱いショックをあたえて、おとなしくさせろ。きわめて危険な場合にのみ、殺害が許される。命令うけいれ終わり」

ロボットはしりぞき、通廊の合流地点で配置につく。突撃部隊が編成された。前衛のK＝2がトレヴォル・カサルの命令で動きだす。部隊はくさび形の部屋から出ている通廊の先に向かって進軍していった。

トレヴォル・カサルはこの作戦の難点を充分に承知していた。K＝2には無条件の信頼をおいている……ある程度までは。ロボットはみずからの危険をかえりみず、命令どおりに行動するだろう。問題は、つねにあらゆる事項を説明しなければならないこと。命令をくだす人間が不在の場合、ロボットにはおのれの行動の指針となる〝内なる法則〟がないから。

さらに問題となるのは人間のほうである。かれらの意識は恐怖にとりつかれているのだ。アフィリカーは危険に脅かされると、人間の本能を増大させる。この場合は自己保存本能である。したがって、ロボットを楯にして危険から守られた状態でなければ役にたたない。ヘイリン・クラットといえども例外ではなかった。

部隊は全速力で天井の高い通廊を進み、五十メートル先で半円形の広間に出た。正面のまっすぐな壁に入口のような穴が開いている。かつては金属板の扉二枚がスライドして閉じるようになっていたのだが、いまは溶解して煤だらけになった扉の破片がのこるだけだ。トレヴォル・カサルが地下施設の制御中枢に突入したとき、ロボットにエネルギー兵器で破壊させたのである。

部隊は穴からふたたび侵入。K＝2四体が入口の外にのこり、監視にあたる。奥の部屋も半円形をしており、壁で仕切られた手前の広間とあわせると円形になった。弧を描く壁には、未知の技術でつくられた機器類が床から天井まではめこまれている。ひと塊りの機器類が壁からひきはがされ、なかば壊れていた。

トレヴォル・カサルはこうした手段で施設をショートさせ、結果的にレジナルド・ブルを洋梨型ロボットから守ったわけだ。

「計測ロボット、作業開始！」と、カサル。

部下たちは手前の部屋との仕切り壁にそって配置についた。目には恐怖の色があらわれている。計測ロボットが早く作業を終えれば、部隊の士気はかろうじてたもたれるというもの。

トレヴォル・カサルは部屋の中央の床に固定された椅子に歩みよる。まわりにはなにもない。はじめてここに侵入したときから気になっていた。ロボットがロボットのためにつくったような施設で、椅子がなんの役にたつのだろうか。秘密がかくされている気がする。それを解明しなければならない。

ためらいながら腰をおろした。ふつうにすわれば、正面に半円形のまんなか、つまり、壁に埋めこまれた機器類の中心がくる。視線をめぐらし、ヒントになるものはないかと探した。

ロボットは音もたてずに作業をつづけ、ゾンデを機器類にさしこみ、計測を重ねている。結果を評価して〝ピル〟の秘密を探るのに、あとどれほど時間がのこされているだろうか。テラはもうじき〝喉〟にのみこまれてしまう……

突然、大音響が轟き、カサルは現実にひきもどされた。遠くから聞こえてくるのは、一貫して規則正しい連続音である。その原因はすぐにわかった。施設がふたたび動きはじめたのだ。

カサルははじかれたように立ちあがった。

「防衛態勢を最強にしろ！」と、命令。「施設がまた動きはじめた。監視ロボットの出現に注意せよ！」

だが、遅すぎた。入口の穴から突然、さまざまな騒音がなだれこんでくる。甲高いブザーの音、K＝2の重い足音、ブラスターの鋭い発射音……さらに、爆音。

K＝2が爆発したのだ。入口をはすに見たトレヴォル・カサルの視線の先を、洋梨型ロボットのボディがかすめた。その側面から、腕ほどの太さのエネルギー・ビームがきらめく。半秒後、二体めのK＝2が爆発した……

＊

麻痺が和らぎはじめてから、レジナルド・ブルは一秒たりとも時間をむだにしなかった。からだを伸ばし、筋肉に力をこめ、手や足の関節を動かす……もちろん、細心の注意をはらいながら。動いたらふたたび麻痺させろと命令されたK＝2が、背後のどこかに立っているからだ。

部隊の足音はとっくに通廊の奥に消えていた。いざとなれば、跳びおきて逃げられるだろう。そのときはK＝2を阻止する手段を見つけなければならないが。

その手段を考えていると、地下施設の奥底がうなりをあげた。驚愕したが、トレヴォル・カサルと同じく、音の正体をすぐに悟った。機械がふたたび作動している。仮説は証明された。施設は自動修復機能をそなえていたのである。

K＝2の動く気配がした。この事態は命令プログラムのなかに存在しない。騒音にどう対処すべきか、命令リストを分析しているのだ。記憶回路のなかに該当する命令が見つからなかったため、ロボットはふたたびしずかになった。

二分ほどすぎると、さらなる騒音が不死者の耳にとどいた。よく知っている洋梨型の監視ロボットが発する音だ。さまざまな高低のある音で、多数のロボットが動きだしたことをうかがわせる。背後でK＝2が動く。洋梨型ロボットはくさび形の部屋から出る通廊をこちらに向かってくるようだ。ブルは全身に力をこめた。推測が正しければ、すぐにも左右どちらかの通廊に身をかくさなければならない。

音がしだいに近づく。連続して響く金属音は、K＝2が動いているからだろう。頭をわずかにかたむけると、K＝2が立っていた通廊の合流点が見わたせた。ロボットはすでにブルの監視をやめ、通廊に注意を向けている。そこに、一体めの洋梨型ロボットがあらわれた。まばゆいエネルギー・ビームが通廊を直進し、K＝2のどまんなかに命中する。

ブルはそれを機に全筋肉の力を集約し、左の通廊に駆けこんだ。わきに身を投げ、壁にかくれ場を探す。次の瞬間、五メートルもはなれていないところで、K＝2が爆発。灼熱した破片が砲弾のように空中を切りさいて飛びちる。掩体となるのは身を押しつけている壁だけだ。

洋梨型ロボットが遠ざかっていく気配を感じるまで、身じろぎひとつしなかった。かくれ場からはようすをうかがえなかったが、十体はいたようだ。侵入者の残骸をかたづけに、清掃ロボットがやってくるかもしれない。くるならこい、という心境になった。かくれ場から這いだす。麻痺は消え、ぼんやりした感覚がのこっているだけだ。とはいえ、この状態ではアスリートの競技会で勝てそうもない。残骸の山のなかから、先ほど手から滑り落ちたブラスターを見つける。だれかが不注意にも、わきに押しやっただけだったのだ。タ・ウェン・タンがマイクロ・コード発信機をしのばせた鞄はべつの通廊にまで吹きとばされていた。計測機器がはいっているが、気にかけない。さしあたり重要なのは、前に立ちふさがるトレヴォル・カサルと部下たちである。

どう対処しようかと考えていると、荒々しい騒音が通廊を伝わってきた。ブラスターの発射音につづき、爆音が連続して轟く。トレヴォル・カサルの部隊が洋梨型ロボットと戦闘になったのだ。

ブルは考えた。しばらく静観しよう。戦いに介入しても意味はない。騒ぎがおさまれば……そのときこそ、自分の出番がやってくる。

*

戦闘は数分で終わった。K＝2は不測の事態に対処する命令をうけておらず、男たちは恐怖に支配されている。攻撃をしかけた洋梨型ロボットにとり、どちらもまともに対峙する敵ではなかったのだ。トレヴォル・カサル本人は爆風に飛ばされて壁にたたきつけられ、数分間、意識朦朧《もうろう》となった。頭がはっきりしたときには、すべてが終わっていた。まわりには突撃部隊の残骸が転がる。K＝2の金属片や身動きしない男たちだ。煙があたりに充満している。

そのとき、弱々しいうめき声が聞こえた。

「そこにいるのはだれだ？」と、カサル。

洋梨型ロボットの姿は見えない。さしあたり、恐れるものもなく自由に動ける。

「わたし……クラットです！」残骸の山から声が聞こえた。

カサルはまだ熱いロボットの破片を足でわきにやる。残骸が入口の外に山積みとなっていた。一方、制御中枢の内部はほとんど破壊されていない。K＝2を援護するため、向こう側の半円形の部屋に部下たちを追いたてたのだが、かれらも死んでしまった。戦闘用でない計測ロボットにまで外に出て戦うよう命じたが、入口までやってきたとき、最後の一体が爆発。その爆風に、カサルは吹きとばされたのである。

目の前で、残骸の山が動きだす。火傷を負ったヘイリン・クラットの顔があらわれた。

「負傷したのか？」カサルは冷たい口調でたずねた。

「そこらじゅうが……痛くて……」ヘイリン・クラットが泣き声をあげる。

カサルは副官の腕をつかむと、ひきずりあげて両足で立たせた。

「ブルを逃がすな！」と、カサル。「おそらく、見張りにのこしてきたK＝2も、ここと同じありさまだろう」

ヘイリン・クラットは呆けたような視線を上司に向けた。このような事態におちいったいま、なぜ捕虜が重要なのか、まったく理解できない。しかし、カサルは有無《うむ》をいわせず、背後の壁を指さした。そこにはやってきた通廊とべつの通廊がふたつ口を開けている。

「ブルはここにあらわれるにちがいない！」と、カサルは早口で、「ふたりであの男をはさみうちにする。きみは右の通廊を行け。ブルをのこしてきた合流点につながっているはず。背後から迫るのだ。わたしはここで待機する」

カサルの視線がクラットの右手首にとまった。

「ミニカムはぶじか？」

クラットはためしにスイッチを押す。ちいさなグリーンの光が輝いた。

「よろしい。ブルが前方にいるのを見つけたら、すぐに連絡しろ！」

ヘイリン・クラットは呆然としてうなずいた。まったく事態がのみこめない。痛みと、死の恐怖を感じるだけだ。しかし、長年のあいだに本能にとってかわった、カサルに対する無条件の服従精神がまだのこっている。クラットは武器を手に、通廊に足を踏みいれた……

＊

上方で繰りひろげられた戦闘がおさまった。洋梨型ロボットがふたたびあらわれるのではないかとレジナルド・ブルは恐れたが、こなかった。上にあると思われるほかの出入口に向かったか、あるいは監視任務についたのだろう。忍びこむなら、充分に注意しなければ。

慎重に通廊を這いのぼる。二歩進んでは、とまって耳をすました。聞こえるのは、先ほど爆発したK＝2の残骸がくすぶる音だけ。洋梨型ロボットに特有の音は聞こえてこない。

ちょうど三十メートル進み、とまって耳をかたむけたとき、かすかな物音がとどいた。上方からではなく、背後の通廊を近づいてくる。振りかえると、音が大きくなった。人間がおぼつかない足どりで歩いているようだ。レジナルド・ブルは数メートルもどった。そのあたりで通廊はカーブを描いており、壁に身をよせてかくれることができる。影があらわれたので、足をとめた。

ヘイリン・クラットの姿が目にはいった。重傷を負ったらしく、ふらつきながら歩いている。どちらに向かっているのかもわからないらしい。生気のない視線が床に落ちている。

突然、あの音がふたたび聞こえた。通廊をあがってくる。洋梨型ロボットの先細のボディがクラットの背後数メートルに出現。音はかれの耳にとどいていない。

「気をつけろ……クラット、うしろだ！」と、ブルは叫んだ。

同時にからだを壁に押しつけ、不動の体勢をとる。ロボットにはそれがいちばんの対抗策だから。

ヘイリン・クラットは目をあげた。警告の意味が理解できない。探しているレジナルド・ブルが数メートル先に立っているのを目にしただけだ。命令どおりにミニカムを作動させ、なにやら言葉を発した。ブルには聞こえなかったが。

その瞬間、洋梨型ロボットが発砲した。まばゆいばかりのエネルギー・ビームがクラットの背中を直撃。かれはすさまじい悲鳴をあげ、両腕を頭上につきあげて倒れた。数秒後、洋梨型ロボットは踵を返し、湾曲した通廊の向こうに消えた。

ブルはかくれ場を出てクラットに駆けよった。仰向けに倒れ、生気のない目が天井を見つめている。まだ息はあるが、長くはもたないだろう。

「クラット……」と、レジナルド・ブルはとほうにくれて、「なにか、わたしにできることは……」

言葉のつづきをのみこんだ。ヘイリン・クラットの目から完全に光が消え、力をなくした頭がのけぞる。ブルは遺体をそっと床に横たえた。

その瞬間、爆音が通廊に轟く。ブルは爆風に足をとられ、数メートル下方に吹きとばされた。やっとのことで立ちあがる。爆発の衝撃でくだけた岩石の破片が転がりおちてきた。いったいなにごとだろう。損傷をうけたK＝2がいまごろになって爆発したのか。

通廊の上方に向かい、細心の注意を払って岩石の山を這いのぼる。先に進むほど、岩石が厚く積もっていた。強烈な煙が鼻をつく。化学爆弾の匂いだ。K＝2が爆発したのではない。なにか違うことが起きたのだ。

かつて通廊の終点だったとおぼしき場所に到達。通廊の出口は崩落し、崩れた岩石で巨大な山ができている。しかし、その頂上と天井のあいだに、わずかな空間があいていた。登ってみると、出口は完全に埋まっていないことがわかった。ブルが通れるほどの穴が開いている。

＊

アフィリカーの意識は失敗に対し、失望というかたちで反応をしめすのではない。本能を押さえつけている抑止力が減少するのだ。したがって、失敗したときの反応は不安となってあらわれる。

トレヴォル・カサルは独裁者としての人生において、わずかだが失敗を経験したことがある。しかし、絶大な理性の力により、苦もなく本能を押さえこんできた。だから、不安という感情を知らない。

〝知らなかった〟というべきか。

なぜなら、最後の試みが失敗に終わったいま、ようやく理解しはじめたからだ……どうあがいても勝てない強大な力を相手に戦っていることを。この力はいかなる作戦をも打ち砕く能力を持つ。かれはただ屈するしかない。

そう理解したカサルのなかで、いままで感じたことのなかった不安が膨らんでいく。突然、悟った。レジナルド・ブルを生け捕りにしても意味はない。未知なる力が対立する相手は、この自分だ。最大の宿敵レジナルド・ブルを公けに粛清することは、けっして許されないであろう。

トレヴォル・カサルは重装備で身をかためていた。ブラスターのほか、化学爆弾を六個携帯している。制御中枢の通廊の出口に立っているとき、ヘイリン・クラットから連絡がはいった。

「ブルがいました……出口まであと三十メートル……!」

そこまでだった。通廊から猛烈な音が聞こえてくる。ブルが追跡者を撃ったのだろう。おそらくヘイリン・クラットは即死だ。それは明らかだった。クラットはカサルにとり、役にたつ副官というだけの存在で、その死を悼むつもりもない。

カサルは待った。ブルはここでなにが待ちうけるか知らないのだから、早まった行動には出ないだろう。通廊の出口まで慎重に登ってくるとして、どのくらいの時間がかかるか見積もった。その時間が経過する数秒前、化学爆弾の導火線に点火して通廊の出口に向かって投げ、すぐに後退。制御中枢の壁にからだを押しつけ、爆発から身を守る。

爆音がやむと、カサルは半円形をした制御中枢の壁をおおいつくす機器類を眺めた。機器のひとつを破壊して施設をショートさせたにもかかわらず、ふたたび機械やロボットが作動している。修復したおぼえもないのに。ここはいったいどのような施設なのか。だれがつくったのか。こちらの作戦をことごとく打ちくだく、不気味な敵……いったいだれなのだろう。

そのとき、背後で人の声がした。

「トレヴォル・カサル……今度はきみの番だ！」

振りかえろうとする。しかし、向きを変える前に、死の恐怖に襲われてからだが痺れるのを感じた。入口に立つ人影に視線を向ける。恐怖で目が曇っていたが、それでも男の正体はわかった。

瓦礫《がれき》の下に埋まっているはずのレジナルド・ブルだ！

トレヴォル・カサルはうめき声をあげた。おぞましい光景から目をそむけるように、その場で踵を返す。しかし、まもなく、くずおれて……

7

レジナルド・ブルは倒れた男のほうに身をかがめた。両目を閉じているが、呼吸は安定している。気絶しただけだ。あとずさり、こうべをめぐらす。

部屋の中央に固定された椅子が気になった。ここで探すべきものはなにか。壁一面の奇妙な機器に目を走らせる。どれひとつとして、その目的すらわからない。見おぼえのある機器もあったが、さまざまな異知性体の技術がいりまじっている。だれかが宇宙のあらゆる技術をひとまとめにして設置したかのようだ。

カサルと同じく、椅子にすわってみた。

機器類を眺めるが、注意をひくものはなにもない。

そこで、カサルと違うさらなる行動に出てみた。大声でたずねる。

「ここで指揮をとっているのはだれだ？」

予想もしなかった事態が起きた。視線の先に突然、スクリーンがあらわれたのである。輝くスクリーンに、大昔からよく知るシンボルマークがうつしだされた。安堵する。ついにゴールに到達したのだ。長いこと追ってきた秘密がいよいよ暴かれる。

「わたしは人類の〝奴隷〟である」機械音声とは思えない、明るく心地よい声が響きわたった。

　レジナルド・ブルは笑みを浮かべ、

「そのような名は知らない。きみはネーサンだな？」

「ネーサンだった。いまは〝奴隷〟である」

「きみがこの施設をつくったのか？」

「ここも、ほかの多くも」

「施設の目的は？」

「あなたが〝ピル〟と呼ぶものを製造する」

「〝ピル〟はきみがつくりだしたのか？」

「わたしではない。製造と分配をひきうけただけだ」

「〝ピル〟の役割は？」

「人類を元来の状態にもどすため」

「なぜ、それが重要なのだ？」

「〝成就の計画〟にとり、重要である」

「〝成就の計画〟とは？」

「わからない。そう提示されただけだ。わたしの理解力を超える」

「計画はだれに由来するのか？」

「人類の救済者」

「それはだれだ？」

「知らない」

「きみに接触してきたのか？」

「そうだ」

「どうやって？　どのコミュニケーション・セクターを利用して？」

「ハイパー通信」

「なぜ、人類の救済者だとわかったのだ？」

「〝成就の計画〟が証拠である」

「きみはいったぞ。計画についてはわからない、と」

「そのとおり」

レジナルド・ブルは考えこんだ。昔から、巨大脳と会話をするのは困難なのだ。ネーサンが生体プラズマを付加されているからといって、事態は容易にならない。話題を変えよう。〝成就の計画〟についてはあとからたずねればいい。

「アフィリーの権力者たちがきみの行動を追っていることを、知っていたのか？」

「知っていた」

「かれらは全施設を破壊するつもりだった。それを許すのか？」

「それは計画に反する。許さないだろう」

「この施設にだれがいるか、はじめから知っていたのか？」

「知っていた」

「きみのロボットがわたしを殺すことを、許すのか？」

「許さない」

ブルは唖然とした。

「では、なぜだ？　わたしはもうすこしで洋梨型ロボットに……」

「カサルはあなたを生け捕りにしようと、機器に損害をあたえた。この施設を制御する機器と思いこんで。その直後、施設は停止した。カサルは自分のした処置のためだと考えた」

「実際は、きみがとめたのだな？」

「そのとおり」

ブルは理解した。はじめから、インポトロニクスに守られていたのだ。この勝利は自分のものではなかった！

「〝成就の計画〟について知りたい」と、話題をもどし、「いつ実行されるのだ？」

「まもなく。あなたが〝喉〟と呼ぶブラックホールに、テラがのみこまれるとき」

「ラファエル……かれがやってきたのは、計画遂行のためだな？」

「人類が恐怖に襲われるのを阻止するため」

「それは人類にとり、テラから脱出するよりもいいことなのか？」

「完璧な状態である」

「計画遂行にあたり、人類に危害がおよぶのか？」

「精神にはおよばない」

ある考えがレジナルド・ブルの頭をよぎった。

「では、肉体には……？」

「わからない」

「きみは答えを避けている」ブルは鋭い声音で、「わたしは……」

ネーサンがその言葉をさえぎる。

「あなたがたにのこされた時間はわずかだと、警告しなければならない」

「なんのための時間だ？」ブルは驚いてたずねた。

「重大な瞬間が目前に迫っている！」

「テラがのみこまれる瞬間か？　われわれ、まだ数週間あると考えているが」

「その計算は無効だ。あと三日しかのこされていない！」

レジナルド・ブルは立ちあがった。突然、冷たい感覚に襲われる。インポトロン脳の言葉に疑いの余地はない。あと三日……！

「ここから出なければ！」と、ブル。

「あなたの移送準備はできている。この部屋から山の頂上に通じるシャフトがある。そこに輸送機が待機している」

ブルは自分がいままですわっていた椅子を見た。

「われわれのうちのひとりがあらわれると、考えていたのだな？」

「あなたが追ってくると確信していた。どの施設にも、ここのように、わたしと話ができる場所がある」

「わたしは出ていく」と、ブルは、「テラにのこるつもりはない。いつかまた、きみと話せるな？」

「わからない」

「いいだろう！　出口を教えてくれ！」

なにかをひきずるような音が聞こえ、天井の一部が開く。虹色に光るシリンダー状の人工重力フィールドがあらわれた。明るく輝く反重力シャフトのなかを、フィールドが床までおりてきた。そこまでなら、気絶したカサルをひきずっていけるだろう。

カサルのからだを持ちあげ、慎重に反重力フィールドにのせた。トレヴォル・カサルは揺れながら上昇していく。ブルはかれがシャフトに消えるまで見送った。

「また会おう！」と、大声でいった。

その言葉はネーサンに向けられたものだ。声は確実にとどいたが、インポトロニクスは意外な答えを返してきた。明瞭な声が響く。

「お聞き、その昔、人々はたがいに愛しあい、親は子を愛し、子は親を愛した。隣人は隣人を愛し、愛はどこにでもあった。人々は平和に暮らした。そこには愛があったから……」

レジナルド・ブルは呆然と立ちつくし、つぶやいた。

「〝愛の本〟……！」

スリマン・クラノホの名前が頭をよぎる。善良隣人機構の最後のメンバーのひとりで、まだテラに滞在する意味論学者だ。さらに、パルクッタ・プロジェクト！ アフィリー政府はこの作戦により、全人類に人工的なにせの記憶を植えつけようとしたもの。アフィリカー同士の協力がうまくいかず、実験の域を出なかったのだが。スリマン・クラノホはこのにせの記憶と謎に満ちた〝本〟の意味構造を分析し、どちらも同じ作者によるものだと主張したのである。

ネーサンがたったいま引用した文言が、〝本〟の導入部だ。

「きみが……？」と、レジナルド・ブルは困惑して、「きみが、あの〝本〟の作者か？」

「わたしが作者である。〝本〟を書かなければならなかった。そうしなければ、免疫保持者たちは故郷の記憶をなくしてしまっただろう」

国家元帥ブルは心を動かされて、

「きみにとり、感謝という概念は耳慣れないだろう。それでも、わたしはきみに感謝する！」

「わたしは人類の〝奴隷〟である」ネーサンは答えた。

＊

どのようにして上海まで移動したのか、レジナルド・ブルははっきりと思いだせない。反重力シャフトで高所まで運ばれ、気絶したトレヴォル・カサルに途中で追いつき、そこからいっしょに出口に到達した。そこは岩の多い高原で、ところどころに雪をいただく高い山々にかこまれていた。あとから考えると、そこはセツアンの西にひろがる山間部だった気がする。シチャンの町から北西に数百キロメートルのところだ。ネーサンのいうとおり、高原にはグライダー一機が待機しており、通常の長距離飛行用自動操縦装置を装備していた。ブルはカサルをグライダーに乗せると、上海に向かうコースを選び、数時間後、目的地についた。

機中で頭のなかをめぐったのは、人類の〝奴隷〟と名乗ったネーサンのこと。ハイパー・インポトロニクスとして生まれ、長い年月のあいだに、人類の保護者に成長した。そしてついに、創造者が定めた法を悠然と踏みこえ、創造者の頭上で、テラナーの利益に結びつく同盟を結んだのだ……〝人類の救済者〟と呼ぶ未知の力と。

なんという進歩だろうか……！

途中で、トレヴォル・カサルが意識をとりもどした。憔悴し、呆然としている。地下施設でうけたショックのために、正気をなくしたかのようだ。無力化するため、ブルは武器をとりあげた。

上海につき、スラムのまんなかに着陸。町は異様なまでの興奮状態にあった。〝信仰の論理〟が整備しなおした地下ガレージにグライダーを停める。到着を知らせておいたので、アイアンサイド神父と側近たちが迎えてくれた。

アイアンサイドはこの数週間で急に老けこんだようだ。長身で頑丈な体格だったが、いまは背中が曲がり、短く刈った髪は艶をなくしている。

「最後の瞬間に帰ってきましたね！」これが神父の第一声だった。

国家元帥の驚いた顔を見て、自分の言葉が理解されなかったと気づいたのか、

「政府とわれわれ、それぞれあらためて計算してみたのです」と、説明。「〝喉〟がこちらに向かってくるか、あるいはメダイロン星系がハイパー空間を通ってブラックホー

ルの方向に大きくジャンプするか。いずれの場合でも、近日中に起きるでしょう」

ブルは目をみはり、

「やはり、ネーサンが正しかったか……」と、つぶやいた。

＊

テラに夜が訪れることはなくなった。

人類の故郷惑星はブラックホールの入口のきわにあった。色鮮やかな閃光が、夜の天空にたえまなくきらめく。表現しようのない色をした大鍋のなかで、沸きたつエネルギーが飛沫をあげているようだ。

人々のあいだに蔓延していたパニックはふたたび収束した。〝信仰の論理〟の偵察により、理由が判明。この二日間、〝ピル〟売人の動きが驚くほど活発になったのである。とはいえ、もう売買が話題になることはない。錠剤は無料で配られたから。その鎮静効果を知る人々は貪欲に服用した。

レジナルド・ブルは側近たちに作戦の報告をした。ネーサンが〝ピル〟を製造していたと聞いて驚く者はいない。薬物とエネルギー生物ラファエルが同時にテラにあらわれたため、だれもが予想していた。

とはいえ、ネーサンが〝本〟の作者であることには、全員が言葉をなくした。その背景にかくされた真実を探りあてようとする。"成就の計画"はなにを意味するのか。ネーサンと同盟を結んだ人類の救済者とはだれか。憶測が飛びかうが、どれひとつとして推論の域を出ない。ネーサンの秘密は暴かれないままだ。人類はテラもろとも、暗く不確定な運命に向かっている。しかし、〝ピル〟服用者たちは信じていた……人類に深刻な事態が降りかかることはないと。その確信を裏づけるものは、人間の精神には危害がおよばないというネーサンの主張だけである。

トレヴォル・カサルは〝信仰の論理〟の医師たちによる治療をうけ、翌日、解放された。からだは健康だが、精神に異常をきたしていた。ときがたてば回復すると医師はいう。しかし、不確実な時代の流れのなかで、この診断に意味があるかどうか疑わしい。

アフィリー政府はもはや死に体であった。アイアンサイド神父の組織がそれを告知し、人々は冷静にうけいれた。〝ピル〟はほぼ百パーセントの人間に作用しており、だれもがゆったりとして確信に満ちている。人類の運命が完遂するまでのわずかな日々に、政府は必要ない。行政機関や役所は暗黙のうちに解散した。

最後の混沌とした日々のなかでも、肉体的な困窮に苦しむことはなかった。人類の〝奴隷〟であるハイパー・インポトロニクス、ネーサンのおかげだ。たとえまずくても、高栄養食の自動合成装置がフル回転している。食べ物は無料で配られ、飢える者はひとりもいない。

セルジオ・パーセラーを筆頭とする使者団はイーシェンの町を訪れ、シャオ・リ・ツェンとかわした約束を履行。《ジェミニ》が上海に移送された。巨大な球型宇宙船はスラムの廃墟の上空に待機する。人々はもはや恐怖を忘れていた。宇宙船を守る歩哨から襲撃の報告はひとつもない。

《ジェミニ》のスタート前夜、レジナルド・ブルとアイアンサイド神父は廃墟と化した高層ビルの上層階にいた。アフィリカーとの戦いがはげしかったころ、〝信仰の論理〟が見張りをおいていたビルだ。壁をとりはらったかつてのオフィスから、巨大都市が一望できる。上海の夜景は輝いていたが、ブラックホールの深淵からあらわれる閃光の明るさとはくらべようもない。

「地球は平和のうちに死にますな」アイアンサイド神父がしずかにいった。

「だれがそういったのだ?」と、レジナルド・ブルはたずねた。

「かつて存在した姿には、けっしてもどらないでしょう」

ブルはしばらく沈黙し、やがて口を開く。

「なぜ、われわれといっしょに行かない? 地球は平和だと、自分の口でいったではないか。きみは任務を成し遂げたのだぞ! もうここでは必要とされない身だ。超人的な偉業を達成したのだから、休息をとってもらいたい……ブラックホールにのみこまれるのを待つことなく」

アイアンサイドは独特の笑みを浮かべると、「おそらく、のみこまれることが休息なのです」と、自身の理論を唱えた。角ばった頭を振り、「わたしの居場所はここですよ。わたしは崇高な力のなかに存在しています。人々とともにのこることを期待されている。神がわたしに望むことこそが、正しいことなのです」

ふたたび沈黙が流れる。しばらくしてブルが口を開いた。

「きみのように強い信仰心がほしいもの！」

「あなたは人を助ける心を充分にお持ちだ」

「どういう意味かな？」

「地下施設での出来ごとを思いだしてください。なぜ、あなたは助かったのでしょう？」

ブルは考えこんだ。

「それは……」

「寛大さをしめされたからです」と、アイアンサイド神父がさえぎって、「ヘイリン・クラットが倒れたとき、あなたは駆けより、助けようとした。もし見捨てていれば、あなたはカサルが投げた爆弾の直撃をうけていたのですぞ！」

国家元帥の驚く顔を見て、神父の笑みがひろがった。

「そうでしょう？」と、からかうように、「あなたはご自分で考える以上に善良な人間です……！」

＊

翌朝、《ジェミニ》は男女三百名を乗せてスタートした。レジナルド・ブルとともに地球に最後までのこっていた、かつての善良隣人機構のメンバーである。

重巡洋艦の艦内は悲しみに満ちていた。急速にちいさくなっていくテラがスクリーンにうつしだされる。それに目をやろうとしない人々もいた。雲に縁どられた青い天体……人類にとっての故郷惑星。

ブルは司令スタンドで指揮をひきつぎ、最小限のスタッフとともに任務にあたっている。《ジェミニ》がリニア空間にはいるポイントをめざすあいだ、口をきく者はひとりもいない。リニア・エンジンが作動する直前、ブルはハイパーカムを通じて、地球に最後のメッセージを送った。

〝きみたちの心に恵みあれ〟

地球がスクリーンから消えていく。そこにのこった不屈の男、アイアンサイド神父が送った返礼は、相対性効果でひずむ一瞬前に《ジェミニ》にとどいた。

〝あなたがたの心にも。アーメン！〟

る。恒星メダイロンはちいさなオレンジ色の光点になっていた。まわりをかこむ〝喉〟の闇に、消えることのない閃光がきらめく。そこでくりひろげられる事象を詳細に報告できる者はいない。従来の電磁放射理論にもとづけば、その光景は十一光年前のものと考えられよう。ブラックホール近くで頻繁にあらわれるハイパーエネルギーのひずみ効果の影響をうけたとすると、もっと最近の光景なのかもしれない。

《ジェミニ》がスタートする二日前、〝信仰の論理〟はテラの地表四ヵ所に強力なハイパー送信機を設置し、方位インパルスをたえず放射するようにしていた。通常空間にもどるとすぐに、レジナルド・ブルはそのインパルスを探知しようと試みた。

「コンタクトがとれました。安定しています、サー」探知将校がまもなく報告。

レジナルド・ブルは制御コンソールのデータ・スクリーンを点灯。方位インパルスをあらわすシンボルが輝き、時間の経過に同調してゆっくりと動く。

揺れ動くシンボルを凝視した。それが《ジェミニ》の乗員とテラを結ぶ唯一のものだ。シンボルが動いているかぎり、人類の故郷惑星はブラックホールにのみこまれていないということ。ブルは時間がたつのを忘れた。明るく輝くシンボルが、方位インパルスにあわせて、スクリーンを左から右に揺れながら動いている……いま重要なのは、それだけだ。

その動きがとまる瞬間がくるまでは。

シンボルがスクリーンの右端に移動する。左から新しいシンボルはあらわれない。そこは黒く欠落したままである。

「コンタクトを失いました、サー」と、探知将校がおしころした声で報告。「テラ標準時三五八一年九月二日、十九時三十四分十一秒」

国家元帥はシートのハーネスをゆるめて立ちあがる。数カ月前から予想されていながら、けっして理解できなかった出来ごとが現実となったのだ。

テラが消えた！

永遠にうしなわれてしまったのか……？

歯をくいしばり、こみあげてきた圧迫感をのみこんだ。おのれのものとは思えない声で命令をくだす。

「コースをオヴァロンの惑星に！　全速力だ！」

エピローグ

無限のハイパー空間をシグナルが飛びかう。二パートナーは〝成就の計画〟の成果について情報を交換する。

パートナー2：〝奴隷〟は活動停止準備を完了。臨界点は乗りきった。

パートナー1：結果はポジティブ。救済者は〝成就の計画〟を完遂した。二の三十四乗を超える共感対象の意識は、救済者のなかにある。計画は終了した。さらなる情報交換の必要はない。

＊

地球と月が存在する、筆舌につくしがたい宙域の深淵で、〝奴隷〟であるネーサンは活動停止命令をみずからにくだす。何世紀にもわたり不屈であった巨大インポトロニクスが、はじめて完全停止した。ふたたび目ざめさせるには、外界からの刺激が必要になるであろう。

救済者である超越知性体〝それ〟は、自身の道を描く。急速に遠ざかる地球からはるかにはなれた、人類には理解できない領域で。実体に二百億の意識を付加することは、けっして容易な使命ではない。

ともあれ、〝それ〟の思考によれば、人類は救われたのだ。そして、超越知性体はさらなる任務にとりかかる。

ポスビの友

H・G・フランシス

登場人物

ペリー・ローダン………………《ソル》のエグゼク＝１
アトラン……………………………新アインシュタイン帝国の大行政官
ジュリアン・ティフラー………大行政官代行
メントロ・コスム………………ＳＺ＝１艦長
フェルマー・ロイド……………テレパス
グッキー……………………………ネズミ＝ビーバー
ドブラク……………………………ケロスカーの計算者
プレストライ大尉
シリヴァー軍曹……………《ソル》乗員
ガルト・クォールファート……ポスビ研究者
ソルプ・ブロンジェク
アラフ・カマク
シルガ・ヴェインジェ………ＮＥＩ工作員
〝父〟……………………………惑星グリラⅢの老テラナー

1

《ソル》指揮官、ペリー・ローダンの記録から。

三五八一年九月二日。

「われわれテラナーはやり遂げます！」黒い髪の軍曹は、将校食堂のテーブルを平手でたたいた。置いてあったコップが跳ねる。「そう確信していますよ。われわれ、すでに公会議を制圧したも同然です。重要なのは、銀河系でいまだ権力を握るラール人にとどめを刺すこと」

「われわれ〝テラナー〟だと？」プレストライ大尉がたずねた。「なぜ、〝テラナー〟なのだ？」

「この《ソル》内ではだれでも知っていることでしょう。それとも、喧嘩を売るおつもりですか？」

プレストライはかぶりを振り、

「そうじゃない」と、答える。「きみがテラナーと称することが許されるかどうか、疑問を持ったのでね」

わたしは聞き耳をたてた。将校食堂にはいったところ、ふたりの会話がたまたま聞こえてきたのだ。立ちどまり、声がするほうを見た。向こうはこちらに気づいていないようだが。シリヴァー軍曹は青くなり、唇が震えていた。

「なにがおっしゃりたいんですか、サー？」一瞬、言葉を探していたが、やがて語気を強めてたずねる。「わたしになにか問題があると？　敵の操作によりもぐりこんだスパイとでも考えておられるので？」

プレストライは笑い、さりげなく手を振って否定した。

「まったく違う。きみはテラナーではないといったのだ。それだけの話さ」

若い軍曹は明らかに混乱していた。眉間にしわをよせ、大尉を不審の目で見つめる。

「なにをおっしゃっているのか、意味がわかりませんが」

「きみはテラナーではない。テラ生まれではないから。ソラナーにすぎないのだよ。テラとはなんの関係もない。美しい地球を見たこともないだろう」

「だからといって、忠誠心は変わりません。テラを思う心情はメダイロン生まれのあなたより、もっと強いかもしれない。たしかに、いま向かっている銀河系も地球も知りませんが、どちらもわたしにとっては故郷なのです。アイデンティティそのものです。それに対してあなたは、ポジトロン操作の雄馬のごとく、きびしい訓練ばかり。ラール人に片舷斉射を浴びせることだけを考えておられるじゃありませんか」

プレストライ大尉の高慢な笑みが一瞬で消え、挑戦的な目になる。わたしは相《あ》いかわらず静観していた。若い軍曹はなかなかのもの。プレストライは部下をこき使うことで知られ、その教育は非常にきびしい。しかし、大尉の部隊が有能な人材を数多く輩出していることは議論の余地がなかった。その成果は平均値をはるかに超えている。

はからずも、《ソル》艦内の雰囲気を如実にあらわす会話に遭遇した。これに似た論争が艦内でくりかえされ、緊張が高まっているのだ。論争は三つのグループにわかれている。

第一は、わたし自身が属するグループだ。太陽系の第三惑星だった地球で生まれそだった。第二グループは、テラ出身ではあるがソルを知らず、メダイロンを母星とする。故郷銀河を見たことはないものの、テラに郷愁を感じており、その思いは非常に強い。第二グループに属する全員がそうであった。《ソル》の心理学者が〝原故郷への遺伝性憧憬〟という言葉を口にしたほど。

この憧憬が、若い軍曹の属する第三グループには、さらに強くうけつがれたようだ。故郷は名実ともに《ソル》である。それでもみな、テラと銀河系に対する渇きにも似た郷愁を全員が感じている。

あと数時間で故郷銀河にはいる。艦内の緊張はいっきに高まっていた。ラール人をはじめとする公会議種族に発見されるのを恐れているわけではない。ただひたすら、銀河系への熱い思いを鎮めているのだ。

乗員たちは、はじめてスクリーン上で故郷銀河の星々を見ている。若い軍曹もそのひとりだ。ほかの星系の眺めと大差ないからといって、失望する者はいない。だれもが幸福に酔いしれていた。精神の高揚状態だといえよう。

「自制しろ、軍曹」と、プレストライ大尉。「艦内における序列の意味を知らないらしいな」

「どうやら、わたしがお嫌いなようですね？」軍曹は大尉に劣らず興奮していた。「あなたはなにか都合が悪いことがあると、いつも大尉という地位をひけらかす。それなのに、ふだんは気さくな仕事仲間を演じようとなさるんです。むだですよ、メダイロン生まれの大尉どの。わたしから見たら、この恒星のもとに生まれた人は全員、すこし頭がおかしいようで。あなたは……」

「口を慎め！」プレストライはきびしい口調でいった。「そういう態度をとって、あとでどうなるかわかっているだろうな、シリヴァー。きみは……」

そこでプレストライは、わたしに気づいた。急に黙りこみ、立ちあがる。

シリヴァー軍曹の顔が青ざめた。

「いずれにせよ」わたしはいった。「こんなことではいけないだろう」

喧嘩っ早いふたりのわきを通りすぎ、自動供給装置から清涼飲料をコップについだ。シリヴァーとプレストライは将校食堂から出ていこうとする。

「ひと言いっておきたい」わたしは振りかえった。

ふたりはおずおずと立ちどまる。まずいことをしたと思っているようだ。

「きみたちは、どちらもテラナーだ。どこで生まれようと関係ない。テラナーであることに優劣などない」

「もちろんそうです、サー」プレストライは答えた。「わたしはただ、冗談のつもりでして」

「そうかもしれない、大尉。しかし、軍曹には通じないぞ」

ふたりは出ていき、いれかわりにフェルマー・ロイドがはいってきた。自動供給装置のところにくると、口を開く。

「ご機嫌はいかがでしょう、サー」まだ完全に疲れがとれないのだろう、声がかすれていた。

わたしは乾杯するようにコップをかかげた。アルコールぬきの飲み物だが。

「忘れたのかな？」

「なんですか、チーフ？」意味がわからないのか、ぽかんとしている。わたしは笑った。

「さ、乾杯をもう一度しよう、フェルマー」

「ああ、そうですね、ペリー。忘れていました。習慣がなかなかぬけなくて」と、フェルマー。堅苦しい挨拶はやめてざっくばらんに話そうと、わたしから提案したのだ。しかし、かしこまった口調を使う癖がついていたものだから、かんたんには変えられないらしい。

わたしは飲みほすと、コップをダストシュートにいれた。

「決心はつきましたか？」フェルマーがたずねる。「どこへ行くので？」

「太陽系だ」ためらわず答えた。

フェルマー・ロイドは自分の耳を疑ったようだ。

「直接、〝虎穴〟に向かうつもりですか？　ペリー、その理由は？」

「ドブラクとセネカの助言をうけて検討したのだ。銀河系におけるラール人の戦略に関し、ケロスカーから聞いたところによると、遅かれ早かれわたしがまた銀河系にあらわれると踏んでいるらしい。敵はそれをつねに計算にいれている。わたしが死んだという確証を手にいれるまで、警戒の手をゆるめないだろう」

「覚悟のうえです」

「それでいい、フェルマー。ラール人はこちらをとらえるつもりで、銀河系に罠を数多くしかけている。われわれが設置した貯蔵惑星にも罠があるのだ」

「ラール人が貯蔵惑星を発見し、用途をつきとめたとでも？」

「そのとおり。太陽系から地球が消えて百二十年以上がたつ。ラール人には充分な時間だ。銀河系をじっくり調べていったさいに、われわれのかくれ場をいくつか発見したかもしれない」

「SZ＝2が罠に跳びこんでいなければいいのですが……」不安げにフェルマーはいった。「貯蔵惑星に近づいた可能性が高いと思われます」

「いまにわかる。いずれにせよ、われわれ、太陽系に向かう。近縁にとどまるか中心に向かうか、どちらかだ。そのあと、可及的すみやかに銀河系の政治状況に関する情報を入手しなければならない。友たちは生きているのか。アトランはなにか成しとげたのか、あるいはすべてに失敗したのか」

「すべてに失敗したということはないでしょう」

「わたしもそう思う、フェルマー。アルコン人が公会議に対抗する地下活動組織を成功裏につくりあげたと確信している。そういうことは得意だから。アトランはUSOの政務大提督として、数多くの問題を克服してきた。おそらくはラール人とも戦いつづけ、注目すべき成果をあげたことだろう。ここ銀河系でも、時間がとまっていたわけではない。百二十年がすぎたのだ。それだけあれば、アトランのような男なら、ラール人を絶望の淵まで追いこむことができたはず」

「アルコン人のボス、もしかして、赤毛の黒人と意気投合したかもしんないよ」グッキーが実体化してきていった。「ありそうじゃないか、どう?」

「おとぎ話だな」フェルマーはおもしろがっている。「アトランがラール人と合意したと、本気で思っているのか? いよいよ幼稚園行きかな、グッキー?」

「黙れ、フェルマー!」きんきら声でグッキーが叫んだ。「転送ポイントを使って銀河系から跳びだしたとき、すでにプロヴコン・ファウストがあったじゃないか。アトランもそこにもぐりこんだかも。ラール人のことなんか気にしなくていいようにさ」

「それは憶測だ」わたしはちびの意見をはねつけた。「アトランはのんきに身をかくしていられるタイプではない。しずかに人知れず暮らしたいと思うこともないはず。かれは戦ったと信じている」

「思い違いじゃないといいけどね」と、グッキー。

わたしはかぶりを振った。

「いや、ちび。わたしはアトランを知っている。ラール人と戦ったにちがいない」

「そのうちわかるでしょう」と、フェルマーが、「それまでの辛抱です」

「じゃ、ぼかあ、それまでおねんねしてくるよ」グッキーはいうと、きたときと同じように突然消えた。

＊

《BOX＝1278》船長、ガルト・クォールファートの記録から。

三五八一年九月二日。


わたしは必死で逃げた。

あらゆる種類の音をたて、追っ手が背後から迫ってきた。マット・ウィリーは〝とまれ〟と叫び、ポスビはなにもいわずにやってくる。それぞれの形にあわせて、転がるか走るかしながら。無限軌道を使うものもいれば、車輪や走行具で追ってくるものもいる。

わたしはせまい通廊にそって走った。うしろを振りかえると、大騒ぎになっていた。ポスビとマット・ウィリーのどちらが先頭に立つか、意見が一致しないようだ。だれもが前に出たいらしく、ほかのものの行く手をじゃましている。

反重力シャフトにたどりついて、なかに跳びこんだ。上昇していく。こめかみをぬぐうと、手に血がついた。かれらが追いかけてくる理由は、それだったのだ。

悪態をつき、すぐ上の階層でシャフトから出る。そこにもマット・ウィリーがいた。大きくジャンプして跳びこえようとしたが、すばやく手に似た疑似肢を出し、わたしの足をつかみかかる。うまく逃れたものの、着地がまずかった。マット・ウィリーは通廊で清掃作業をしていたらしい。あるいはなにかの実験だろうか。とにかく、床じゅう潤滑剤だらけだったのだ。わたしは数メートル先まで滑った。腕を振りまわしてバランスをとろうとしたが、それもむなしく、大きな音とともにバケツに激突。臭いしずくが降ってきた。

そのままとまることなく、なかば横向きになって滑っていった。最後の瞬間に首をすくめて一回転する。

背後で荒々しい叫び声がした。

わたしは立ちあがり、逃げつづけた。マット・ウィリーが大声で叫びながら追ってきて、疑似肢を伸ばす。ふくらはぎまで数センチメートルのところを行ったりきたりするが、とどかない。天井を見ると、通廊を横切るようにはしる細い管があった。わたしは腕を伸ばしてそれをつかみ、足をひっこめた。

マット・ウィリーが猛スピードで下を通りすぎていく。とまろうとしたが、まにあわず、反重力下降シャフトに落ちた。

「ガルト！」マット・ウィリーは悲痛な叫び声をあげながら消えた。わたしはそれを目で追う。他人の不幸をひそかによろこびながら。

「ガルト、死んでしまうぞ！」ふたたび金切り声が聞こえた。

「しばらくはだいじょうぶさ」わたしは下に向かって叫んだ。そのとき、ロボットの金属的な音がした。驚いて振りむくと、ゴリアテと名づけたポスビが腕を伸ばし、こちらに突進してくる。わたしは向きを変えて通廊を横切り、赤い横断ハッチに向かって走った。ハッチが近づくにつれて罠にかかったと気づき、悪態も大声になっていく。ゴリアテは思いのほか速かったのだ。もっとよく観察して、対策を考えておけばよかった。

ハッチにたどりつき、こぶしで開閉装置をたたいた。うしろを見ると、ゴリアテがまっしぐらに進んできていた。ハッチはゆっくりとしか開かない。万事休すだ。

それでも、あえてやってみた。

しだいにひろがっていく隙間を目がけてつっこむと見せかけ、すぐに首をすくめて通りすぎる。ゴリアテはこの偽装工作にひっかかった。わたしが向こう側へ行くものと思いこみ、全速力のまま、開いた隙間に跳びこんだのだ。わたしは大急ぎで開閉装置のところまでもどると、プレートを手のひらで押した。もくろみどおり、隙間がまた閉じはじめる。

ゴリアテは金属製の腕を伸ばしてきたが、壊れるのをおそれ、あわててひっこめた。

わたしは閉じかけたハッチの前に立ち、ゴリアテにほほえみかけた。

そのあと通廊を急ぎ、反重力シャフトのところまでもどった。もうだれも追ってこないと思い、この間を利用して実験室に滑りこむ。通廊わきの細い扉から通じている、完全自動制御の部屋だ。テーブルにもたれて金属鏡を見たとき、わたしは驚いた。

負傷したのはわかっていたが、これほどひどいとは思わなかった。こめかみから頭まで深い傷がはしっている。

それでも、幸運だったといえよう。もっとひどければ、一巻の終わりになっていたかもしれない。

あれは、搭載艇のなかで修理作業をしていたときのこと。オイルポンプをあつかうので、どうしても汚れ仕事になる。嫌な匂いのオイルに触れなくてはならない。オイルは手やコンビネーションにつき、床の上にもこぼれた。それがすべての災いの原因だったのだ。

うっかり一歩を踏みだし、足を滑らせた。からだをひねって、バランスをとろうとしたが、もう片方の足もオイルのなかにつっこんだ。その結果、とんでもないことになった。近くにあった装置に頭をひどくぶつけてしまったのだ。一瞬、気が遠くなる。まわりをメタルプラスティックにかこまれた状態で、わたしは星が飛ぶのを見た。かわいい天使が目の前にあらわれ、こちらに手をさしのべたとき、ようやく正気にもどった……悪臭をはなつオイルまみれの床の上で。

わたしは近くの衛生キャビンでからだを洗おうと思い、そのまま搭載艇をあとにした。エアロックから出ると、驚愕の叫び声があがった。

足もとにマット・ウィリー一体がいたのだ。多数の疑似肢を伸ばし、こちらを目がけて突進してきた。あの叫び声がいまも耳にのこる。声をかぎりに援助をもとめたため、聞きつけたポスビ十数体が、隣りの格納庫から飛んできた。それが追跡劇のはじまりだったのである。

あれからずっと、友はわたしを船じゅう追いまわしているのだ!

わたしはコップに水をついで飲んだ。しかし、コップにもオイルがはいったらしい。投げすてて口のなかの水を吐きだす。うんざりして手を見ると、オイルだらけだった。ズボンになすりつけたが、きれいにはならない。ズボンも汚れていたから。

もう一度、鏡をのぞいてみた。

これはひどい。なんとかして傷の手当てをしなければ。黒い髪が血で頭にへばりついている。消毒する必要がある。このままほうってはおけない。頭をとりかえられることなく、手当てをうける方法はないものか……

それが問題だ。

わたしは救急箱をあちこち探したが、実験室には見あたらなかった。そのとき、扉が開いた。驚いて振りむくと、ゴリアテが近づいてくる。腕を振りまわし、レンズ状の四つの目で怒ったようにこちらをにらむ……そう見えただけかもしれないが。うしろには、さらにポスビ二体とマット・ウィリー三体。ウィリー一体はほとんど液体化し、ゴリアテの足のあいだからこちらに流れてきて、テーブルの縁をのぼり、そこで頭らしきかたちになった。

まわりを見まわしても、行き場はない。もっと早く実験室から逃げだすべきだったのに、長居しすぎた。出口はひとつしかないから、いったん見つかったら逃げることはできない。それを最初から計算にいれておくべきだった。

わたしはゆっくりと友から遠ざかるようにあとずさりした。両手をまっすぐ前に伸ばして、拒否のしぐさをする。

「やめてくれ、お願いだから」声がかすれた。「なんともないんだ」

その言葉を証明しようと、わたしは頭を指先で思いきりたたいてみせた。ばかなことに、ちょうど傷のところを。

激痛がはしり、悲鳴をあげそうになった。

「わかっただろう?」やっとの思いで声を出した。「赤いものが見えるかもしれないが、まったく平気さ」

だが、ゴリアテもマット・ウィリーも、話しあいに応じる気はないようだ。無慈悲にもわたしにつめより、とりかこむ。

「問題を根本的に解決しよう」と、頭にかたちを変えたマット・ウィリーがいった。

身の毛がよだつ。なぜマット・ウィリーが頭のかたちを選んだか、わかったのだ。

「だめだ!」わたしは自分が哀れになり、必死で叫んだ。「ばかげている!」

「しかたないだろう?」ゴリアテはいった。「中途半端《はんぱ》で満足するふりをしたら、あんたの健康と命を守れないんだから」

わたしはプリリーをつきとばした。このポスピに女性名をつけた理由は、妙なかたちのからだの前面に、胸のような隆起ふたつと谷間があるからだ。そのままゴリアテの前を通りすぎようとしたが、相手は計算外の行動に出た。

手の一本がわたしの腕をとらえたのだ。やがて、その手をそっとわたしの手首におく。慎重に、しかし、けっして逃げられないようにしっかりと。

「気をつけろ、ガルト」マット・ウィリーがきいきい声を出した。「大あばれしてはいけない。傷を負うぞ！」

「かまうもんか」わたしは腹をたてた。「傷がついたっていいさ」

「そんなことをいうもんじゃない！」マット・ウィリーは怒っている。

「じゃあ、どうしろというんだ？　きみたちにおとなしくしたがい、この頭を切断しろとでも？」

2

ローダンの記録から。

三五八一年九月三日。

《ソル》はいつのまにかヴェガ星系を通りすぎ、故郷太陽に近づいていた。

わたしは司令室にいた。エモシオ航法士のメントロ・コスムがサート・フードの下にすわって操縦している。これにより、時間のロスもなく、ポジトロニクスに直接に命令をくだせるのだ。

思いもかけず、奇妙な感情がわいてきた。これまでも、ほかの星系からこの銀河系にもどってきたもの。しかし、これほど長い時間をおいたことはなかった。太陽系でも、軍事目的あるいは宇宙政治目的による遠征を何度も遂行したが、いまや事情が異なる。われわれ、もはや銀河系の支配者ではないのだ。すでに、故郷惑星はもとの場所にない。いまそこにあるのは伴星コボルトである。

あれから太陽系はどうなったのだろう。本当に〝虎穴〟なのだろうか。それとも、ラール人はとっくにこの星系をはなれたのか？

わからない。銀河系の現状を実質的になにも知らないのだ。たしかなのは、ラール人と公会議の中心……ツグマーコン人とのつながりが断たれたことだけ。ケロスカーの戦略も計画も実現しなかったのはまちがいない。バラインダガル銀河は、もはや存在しないから。

ラール人はなにが起きたか、気づいていたのだろうか？

答えの出ない疑問が次々にわいてくる。

アトランのことを考えた。アルコン人はわたしのような行動をとるだろうか？　それとも、より慎重にふるまい、偵察艦隊を送りだすだろうか？

できるだけ早くアトランと連絡をとりたい。委曲をつくしての状況説明があるはず。それだけでなく、《ソル》をおおいに歓迎するにちがいない。この船はアルコン人にとり、強い味方になるはずだから。わたしは公会議の核心に触れる情報を手にいれた。いままで抑圧されていた種族は歓喜し、ラール人やヒュプトンやマスティベック人は震えあがるだろう。

《ソル》は巨大な爆弾と化し、影のように音もなく銀河系に侵入する。ひとたび炸裂すれば、ラール人をはじめとする公会議種族をまさに吹きとばすのだ。

そのとき、フェルマー・ロイドがリバルド・コレッロとともに司令室にはいってきた。

ミュータントふたりは奥の主スクリーンに目をやる。《ソル》はこのとき、リニア空間を出て通常連続体にもどっていた。

探知スタンドの将校が最重要データを伝える。

故郷太陽までの距離は、あと一光年。

ソルはまだちいさな光点のひとつにすぎない。メントロ・コスムが、グリーンに光る矢印でこの天体をマークする。

司令室内は静まりかえった。

フェルマー・ロイドが咳ばらいをする。感情をコントロールするのに苦労しているようだ。

プレストライ大尉やシリヴァー軍曹のことが気になった。いま、ふたりはなにを考えているのだろう？　どう感じているだろう？　その心に、原故郷への郷愁は本当にあるのか？

わたしは探知スクリーンに目をやった。明滅しているものはなく、警戒音も鳴らない。つまり、探知領域内に敵の宇宙船はいないということ。

「構造ヴァリアブル・エネルギー艦はいません」と、探知将校が報告。「近くには」

声が震えている。やはり、冷静になろうとつとめているのだ。

《ソル》は減速した。

「サー?」首席将校がたずねる。「次の命令は?」

わたしはかぶりを振った。

「このままでいい。まずは情報を集めよう。それから、太陽系に近づくのだ」

緊張がいくらか解けた。将校たちは声をおさえて話をする。一方、《ソル》の高性能ポジトロン装置はどれも故郷の太陽系を徹底的に調べはじめた。

そのときになって、わたしは気づいた。細胞活性装置保持者、ミュータント、地球外生命体の全員がここに集まっている。どうりで窮屈なはずだ。おまけに、メールストローム生まれと《ソル》生まれの将校も数名いるのだから。むろん、出生地によって任務に差はないが。

船内ではいま、全員がヴィデオ装置に釘づけになっているだろう。人類の真の母星であるソルを見たいと、子供でも思うはず。このときにそなえ、乗員は多くの紹介フィルムや娯楽映画で心の準備をしてきたのだ。

わたしの数歩うしろに、ケロスカーのドブラクが立っていた。不恰好な把握肉垂になにか棒状のものを持ち、ひとりごとをいっていたが、急にこちらに近づいてくる。

「話がある、ローダン」ドブラクは小声でいった。「提案だ」

「聞かせてくれ」と、わたし。

「そうあわてるな」ドブラクは答えた。「おちついて話したい。司令室から出よう。まは宇宙政治に関することなのだ。
まって非常に重要なことだから。些細なことで話しかけたりはしない。ドブラクの発言
　わたしは立ちあがった。気がはやる。ドブラクがわたしに話があるというときは、決
だ時間はあるから」

＊

三五八一年九月二日。ガルト・クォールファートの記録から。


「頭を切断するだって！」ゴリアテは叫んだ。「だれもそんなばかなことは考えていない。脳を傷つける可能性があるからな。そのような危険はおかせない」

　わたしの心配に驚いたようだ。

　ゴリアテの答えを聞いてほっとした。苦痛には慣れっこだから、どんなことでもする心の用意はできていた。しかし、わたしにも限界がある。頭はもっとも重要なからだの一部だ。よろこんで犠牲にすることなどできるはずがない。

「それならいいんだ」わたしは安堵のため息まじりに答えた。「好きなようにしてかまわない。だから、拘束しないでくれ。手術室に行くよ」

　ポスビたちはわたしを解放して道をあけた。そのあいだを通り、通廊に出る。一瞬、

逃げだしたくなったものの、理性が勝った。傷を手当てしなければ。笑いごとではすまなくなる。

友がわたしをどうするか、興味もあった。喉にまだ凝縮口糧を押しこまれないのが不思議だ。走ったことでエネルギーを消耗したというのに。

「気分はどうだ?」と、プリリー。

「最高だよ」嘘だ。傷が痛み、頭が破裂しそうだ。

「気をつけろ、転ぶぞ」と、ゴリアテが心配してからだを支える。おいてあった工具袋をわたしがまたごうとしたからだ。

マット・ウィリーがニワトリのようにうるさく話しかけてきた。だれもがあれこれ質問したいらしい。〝目の前で火花が散ったか? それは明らかに衰弱の兆候だ〟という。わたしは否定した。〝傷が焼けつくように痛むか?〟と聞く。そのとおりだったが、なにも感じないと嘘をいった。医療区画につくまで、同じような質問がつづく。かれらはわたしを半人前の子供のようにあつかい、二百歳の年寄りのように介助した。皮膚を傷つけないように先のまるいはさみを使い、身につけているものを切りとった。

ポスビ二体がわたしの両手をグリーンの液体につける。液体がたちまち濁った。きれいになった手をひきあげて、いい匂いのする消毒剤を振りかけ、クリームを塗る。皮膚が柔らかく、滑らかになった。

ポスビたちが全裸のわたしをかこみ、遠慮のない視線を注ぐ。反重力フィールドがわたしのからだを慎重に持ちあげ、手術台においた。頭と肩は有機物質に反応するエネルギーフィールドが支える。これで、ポスビの執刀医がわたしの頭をあらゆる方向から治療できるわけだ。

「体重が百二十二グラム減っている」と、マット・ウィリーが驚いた。

「また増えるだろう」ゴリアテは答え、わたしが動かないようにエネルギー枷《かせ》をつける。麻酔を準備する音がした。

たいへんなことになるかもしれない。

メド＝ミグがわたしの腕に高圧注射器を押しつける。その瞬間、わたしの意識は過去の記憶をたどりはじめた……

*

あれは、成型シートの向きを変えようとしたときのこと。船になにかぶつかったらしく、シートから投げだされ、七メートルほど吹っとんだ。腕と足をひろげて姿勢をたもとうとしたが、輸送室に山積みになっているボール状の毛皮に激突。柔らかいものなのに、石塀にぶつかったような衝撃をうけた。

上からくずれ落ちた毛皮ボールの下敷きとなり、クッションに埋もれた状態になる。

ふたたび、なにかが宇宙船に衝突して、球のように跳ねとばされた。まわりが柔軟性のあるものなので、負傷はしなかったが。

なにが起きたのだろう。わたしはそのとき、ラール人の武装商船に乗っていた。乗船からまだ二日もたっていない。遠くはなれた惑星に墜落したポスビのフラグメント船を調査するよう依頼されたのだ。

ふたつ返事でひきうけた。わたしはロボット心理学者で、専門領域はポスビ研究である。ラール人の任務をひきうけ、可能な範囲で必要な職業教育をうけた。最重要知識はロボット心理学の単科大学で学んだ。

わたしの興味の対象はつねにロボットだった。だからある日、人生をロボットに捧げないかといわれたとき、ためらわなかったのだ。ラール人からの提案だったが、そのころはラール人に対してなにも感じていなかったため、気にならなかった。いまはかれらを憎んでいるが。

わたしは三五四四年、かつての太陽系市民の植民惑星オリウィンⅣで生まれた。ラール人支配下の惑星だが、ある程度の自由はあった。特定の住民は高等教育をうけられる。選考ポイントは、ラール人に対する態度と頭の明晰さだ。

だから、できるだけ目だたないようにふるまった。当時は、ラール人の権力が強固になったら未来はどうなるかなど、考えるゆとりもなかった。ロボットのことしか頭になかったのだ。

ポスビとその特殊性を専門的に研究しはじめたとき、エル・グループを知った。表だってラール人と戦おうとはしないが、多くの犠牲をはらって人間の自由な考えを守ることに力を注いでいる。しかし、それだけでは明らかに不充分だ。ラール人に対してなにか行動を起こさなければならない。受け身でいることは忍従を意味する。けっしてあきらめたくなかった。

ポスビについて調べれば調べるほど、関心は高まった。それがいつしか愛情と崇拝の念に変わり、ついにはポスビとともに暮らしたいと思うようになっていた。

だから、ラール人から依頼がきたとき、話に飛びついたのだ。墜落したフラグメント船の調査と聞いて、すぐに決心する。このような機会を何年も待っていた。ポスビと接触できる見こみはないかもしれないから、多くを望むな、と、自分にくりかえしいいきかせてきたが。

そんなわたしの夢は打ち砕かれたらしい。

武装商船がほかの宇宙船に攻撃され、命中弾をうけたのだろうか?

しばらく毛皮ボールのなかに横たわっていた。なんとか空気を確保しようと手足をばたつかせた。船内がしずかになる。エンジンからつねに伝わっていた床の振動も、もはや感じない。高性能装置により船室のすみずみまで振動していたのだが、それがなくなったということは、エンジンがとまったとしか考えられない。反重力装置は動いているらしく、無重力は感じなかった。

必死に腕を動かし、上におおいかぶさったボールを押しのけて這いでる。照明はまだついていた。わたしといっしょに作業していたロボット二体も吹きとばされたようだ。運が悪いことに、壁にぶつかってこなごなに砕けていた。もう、スクラップにしかならない。

部屋を出て、中央通廊をもよりの反重力シャフトに向かって急ぐ。途中、航法士が降りてきた。顔に血がつき、右腕が力なく垂れさがっている。

「ガルト、だいじょうぶか？」航法士は左の袖で額をぬぐった。

「たぶん」そう答えた。「あなたは負傷しているようですが」

「たいしたことはない」

「なにがあったのですか？」わたしはたずねた。航法士につづいて船長と幹部乗員たちがシャフトからあらわれる。

「宙雷だろう。防御バリアが崩壊して、船は故障だ。搭載艇にうつらなければ」

航法士は先に立って歩いていく。わたしもあとについていった。格納庫についたとき、キャビンに荷物をおいてきたことを思いだした。

「荷物をとりに行かないと」

「ここにいるんだ」と、船長。「さもなければ、おいていく」

わたしは腹だたしさをおさえてしたがった。幹部乗員のあとを追って搭載艇にはいる。数分後、エアロックから出発。一万キロメートルもはなれないうちに、故障した武装商船が爆発した。べつの宙雷に接触したのだろう。

搭載艇はあえて急ぐことなく、ゆっくりと手探り状態で前進した。宙雷二基を発見して、回避する。だれが敷設したかは不明だ。

船長は七光年ほどはなれた星系に向かうつもりでいた。だが、近くを通る宇宙船を発見したため、骨の折れる旅に出る必要はなくなった。航法士が救助を要請。相手の船長はすぐにそれに答え、コースを変える。

近づいてくるのがポスビ船だとわかったとき、わたしは息をのんだ。予想もしていなかった。フラグメント船の残骸を調べるつもりが、ほんもののポスビに会えるとは。なんといっても、生きていてこそポスビである。

興奮と驚愕が同時に襲ってきた。フラグメント船の巨体が目の前にあらわれたのだ。これまで見たことがないタイプの船だった。複雑な外観でどことはいえないが、ハッチが開く。なかにはいると、なにもない格納庫だった。しばらくすると、ポスビ数体が搭載艇の前にあらわれた。艇から降りるように無線で要求してくる。

わたしはポスビの前に立った。手は汗ばみ、喉はからからになる。ポスビのからだには、さまざまなかたちの補助物がついていた。用途は不明だ。もちろん、不要なものなどないだろうが。

「乗員仲間がほかにもいる」と、ラール人船長はいった。「違う搭載艇で避難中だ」

そのとき、べつのポスビ一体が無限軌道でやってきた。目を望遠鏡のように伸ばし、こちらをじろじろと見る。

「その者たちはすでに救出した」と、ポスビ。それから、急にぎこちなく動きだし、腕をあげた。「こちらに！」

必死になって言葉を探したが、見つからない。なんとしてもポスビと意思の疎通を図りたかったのだが。ポスビの気質や思考方法はよく知っている。しかし、言葉を思いつかなければ、すべては役にたたない。わたしはあまりに興奮しすぎていた。

ポスビの前を歩いていくと、側廊からマット・ウィリーが数体あらわれた。有柄眼をつくり、われわれを好奇の目で見ている。

大きな部屋に案内された。ハッチが背後で音をたてて閉まったとき、情けなさに泣きたくなった。ひと言もしゃべれないとは。チャンスを逃してしまった。

部屋はがらんどうだった。椅子もベッドも、テーブルも食べ物も見あたらない。ポスビにはわれわれの必需品がわからないのだ。幹部乗員が悪態をついたが、わたしは黙っていた。しだいにおちつきをとりもどしていく。意外に思っていないのはわたしひとりらしいが、ポスビがこちらに必要なものをすべて用意していたら、かえって動揺しただろう。

わたしは床に直接すわり、壁にもたれかかった。幹部乗員たちは立ったままだ。しばらくすると、先に武装商船から脱出していたほかの乗員たちが到着。あとから救助されたものの、通信士がポスビの存在を知ってこちらに知らせていたらしい。興奮していて気づかなかった。

だれもわたしのことを気にかけない。ほかの乗員に知りあいはいないから、当然だが。こちらも話をしたいとは思わない。

わたしはいつも一匹狼だった。男には興味がない。興味があるのは女だけ。ポスビ研究への執着を忘れるほど魅力的な女は、遭難者のなかにいないようだ。わたしはこれからどうするか考えた。

今後の成り行きはもうわかっている。ポスビはわれわれをどこかの酸素惑星に運び、そこで降ろすだろう。そのあとのことは、かれらの関心のおよぶところではない。

わたしは、ほかの乗員と別行動をとることに決めた。この船をはなれるわけにはいかない。ここにいれば、思うぞんぶん研究をつづけられる。

まわりを見まわした。部屋の壁はなんの装飾もない。通風口がついているものの、小さすぎるため、逃げだすのはむずかしい。

わたしは不安になり、立ちあがった。床が軽く振動している。フラグメント船は高速で飛行をつづけていた。時間がない。なんとかしなければ……

壁伝いに歩き、もとの場所にもどってくる。やはり脱出は無理だ。チャンスを待つしかない。

わたしはまたすわりこみ、待ちくたびれて眠ってしまった。目がさめたとき、最初の救出グループはすでに部屋にいなかった。航法士が肩を揺すって起こしてくれる。出口に急ぎ、ほかの乗員のあいだに割りこんだ。同乗者の正確な人数はわからないが、見たところ、百二十人くらいだろう。さっき通った通廊をエアロックにもどる途中、わたしはいっしんに考えをめぐらせた。細い側廊があったことを思いだし、緊張して待つ。その場所までくると、ぬけだして側廊にはいり、扉のあるところまで走った。振りかえると、幹部乗員のひとりがあっけにとられ、こちらを目で追っている。

わたしはひとさし指を唇に当てて見せ、扉を開けた。そこはちいさな部屋だった。見たこともない装置がぎっしりとつまっている。はいる隙間などなさそうだが、無理にからだを押しこみ、扉を閉めた。

ふたたび、待つ。

心臓が早鐘のように打った。ポスビが無限軌道で移動している音がする。扉の前でとまった。かくれているのが見つかったのだろうか？　遭難者の数を事前に把握していたのかもしれない。息をとめた。鼓動が大きくなったため、ポスビの高性能センサーに感知されそうだ。

だが、ポスビはどこかへいってしまったらしい。ほっとした。

半時間がすぎる。見えない枷をはらい落とすように、宇宙船が揺れた。搭載艇が出発したのだ。

わたしは望んでいたものを手にして、ようやく緊張を解いた。すっかり冷静になっていた。いまは時間がある。これから先は成り行きにまかせよう。

さらに半時間待って、かくれていた部屋から出る。

通廊にはだれもいない。右に行って主通廊にもどろうとしたところ、途中でマット・ウィリーが角を曲がってきた。くらげのような姿で、疑似肢を十数本使って走ってくる。こちらに気づくと、驚いてあとずさりし、甲高《かんだか》い声をあげた。

「ここでいったいなにをしている?」

「いけないか?」

「いけないか? いけないか?」わざとらしく、わたしの口まねをする。「ほかの者はすべて、惑星に降ろされたのだぞ」

「ほかの者? どのほかの者だ?」

マット・ウィリーは完全に混乱した。手に負えないと思ったらしく、急いで立ちさる。

腕のようなかたちになったり、人間の姿になったりしながら。わたしはあとをつけてみた。マット・ウィリーは、床にはめられた鉄格子のようなところを通りぬけた。下は真っ暗でなにも見えない。

そのとき、背後で重い足音がした。ゆっくり振りかえると、人間の姿のポスビ一体が近づいてくる。

五メートルほどはなれたところで立ちどまり、こちらを凝視。わたしは右手をあげて挨拶した。

「あんたはだれだ?」ポスビはいった。

「ガルト・クォールファート」と、正直に答える。

「なぜ仲間のところにいないのだ?」

「仲間ではないから」

「しかし、いっしょにここにきた」

「そのとおり」

さらに七体、さまざまな姿をしたポスビが近づいてきた。最初の一体のうしろに数体が立ち、ほかはわたしのまわりをとりかこむ。あとからきたものは、だれも会話に口をはさまなかった。またべつの数体がやってきたが、やはり黙っている。

「あんたもこの船から降りるべきだ」と、最初のポスビ。

「きみたちの計画ではそうかもしれないが、これに関する命令コードは伝えられていない」

「たしかに」今回はポスビも認めた。

「つまり、わたしにはほかの者と行動をともにする理由がないのだ」

「しかし、精神的および有機生物的本質が同じならば、行動をともにするのが人間としての反応ではないか」

「それは誤った前提にもとづく誤った推論だ」わたしは答えた。「きみは、わたしがほかの遭難者たちと同じ本質を持つという前提で話している。しかし、事実はその反対だ。同じなのは外見だけで、ほかはすべて違う。わたしはあの者たちの仲間ではない」

「違うのか？　では、だれの仲間なのだ？」

「ポスビだ。わたし自身がポスビだから」

相手はこの告白に言葉がしばらく見つからないようだった。招かれざる客であるわたしを黙って見つめる。それから、次々と質問を浴びせてきた。

わたしは集中し、言葉を厳選しながらおちついて答える。ついに、これまでおぼろげだった理論を現場で実践するときがきたのだ。もうお遊びではない。ここではすべてが研究対象なのだから。

ポスビの一員としてうけいれてほしい。そのためには、わかる言葉をしゃべり、同じ思考過程で考えなければ。ポスビが納得する方法で対応しなければ。

困難で面倒な論戦がはじまった。強い探求心からの質問攻めに耐えられるのは、わたしのように長くポスビを専門に研究してきた者だけだろう。まるで、がまんテストのようだ。それは望むところだったし、心の準備もできていた。とはいえ、思い描いていたものとは比較にならないほどむずかしかったが。

「この者がわれわれの一員であることは否定できない！」数時間後、やっと一体のポスビが叫んだ。

心の重荷がとれた。テストに合格したらしい。

「すくなくとも、内面的には」と、べつの一体。

わたしは驚いて発言者を見つめた……なにがいいたいか、わかったのである。

「そのとおり」ほかのポスビがいった。「で、からだはどうする？」

3

ガルト・クォールファートの記録から。

三五八一年九月二日。

わたしはそう感じた。まだ両手がエネルギー枷につながれており、持ちあげられなかったが。

頭はぶじだ！

麻酔でぼうっとしたまま、あたりを見まわす。外科医ポスビ四体がわたしをとりかこんでいた。大きくせり出したレンズ目がこちらをじっと見る……とても心配そうなようすで。生体ポジトロン・ロボットと深く関わらない者には、奇妙に聞こえるかもしれない。しかし、わたしは以前から、ポスビがボディ・ランゲージをもちいるという有益な事実を知っていた。正確には生体ポジトロニクスによる意識が、それをつくりだしている。ポジトロニクス……金属製の四肢の動きはほとんど認識されないため、多くの人間が完全に見すごしてきた。そもそも、人間同士が自分たちのボディ・ランゲージさえ理解できないことが多いのだ。ポスビのような存在がそうした表現の可能性を持つなど、想像もできないだろう。これは証明可能な事実なのだが。

「だいじょうぶか、ガルト?」ポスビ一体がたずねた。

「まずは様子を見てみないと」と、なんとか答える。

ポスビたちが気をつかって部屋から出ていったため、やっとしずかになる。あれこれ考えてみた。ポスビたち、わたしになにをしたのだろう。頭はまだある。それは予想していた。ポスビはすぐれた外科医であり、人工補装具製作の腕もたつが、内臓まではあえて手を出さない。まして、脳を手術しようとはしないはず。そうでなければ困る。

そもそも、なぜこんなことになったのだ?

わたしはふたたび、フラグメント船でのポスビとの出会いを思いだした……

＊

「からだは不完全だな」と、一体のポスビがいった。わたしに近よると、そっと手で触って調べる。

「変えられるさ」二体めのポスビが意味ありげな言葉を返す。

「状態がきわめて悪い」三体めが悲しげに認めた。「もしかしたらよくなるかもしれないが」

「状態が悪いだって？」わたしはむっとした。「やめてくれよ。わたしは身長一メートル九三センチ。肩幅がひろく、友から〝洋服ダンス〟と呼ばれているくらいだ。わき腹に贅肉もついていない。アルコールはたしなむぐらいだし、タバコも吸わない。数日前まで、惑星オリウィンの背面跳びチャンピオンだった」

嘘だ。二十位から上になったことはない。しかし、それは問題ではなかった。すこしくらい誇張してもいいだろう。

「どうだ？」わたしは答えを待った。連中が驚くと思ったのだが、違っていた。

「予備エネルギーがすくなすぎる」と、一体が主張。「栄養状態が悪いんだ」

「運動器官もおおいに改善の余地がある」べつの一体がいった。四本ある手の一本で円形の鋸を持っている。もう一本には外科用のメスが握られていた。手術で使うのだろう。

わたしはあせった。思わずその場で数回跳ねると、腕を振りまわして関節を鳴らし、

「すべて最高の状態だよ！」と、いいかえす。

「関節がもろいな。大きな重量にも耐えられないようだ」外科医ポスビが冷静にいいはなった。「関節は高性能カルダンシャフトに交換したほうがいいだろう。細胞交換性の生体メタルプラスティック素材は、まだ充分な量があるから」

わたしは気をおちつけようとした。

手術台の上でポスビにかこまれている自分の姿が目に浮かぶ。かれらは手にメスを持

ち、わたしのからだを分解し、全部位をとりかえるのだ……まるで、総点検が必要なロボットのように。

「それについてはまたゆっくり話そう」わたしはかすれ声でいった。「いますぐやらなくていいよ。もっと重要なことを考えなければならない。精神的な問題を克服する必要があるんでね」

不安のあまり、声が裏がえってしまう。

「声もおかしい」一列うしろに立っていたポスビがいった。「喉頭部全体をバイオポン＝ポジトロニクス制御の声帯に交換しよう」

「だめだ！」わたしは驚いて叫んだ。「いっていることがわからないのか？」

思わず手を喉におき、

「声帯に問題はないよ。もうだいじょうぶだ。聞こえるだろう？」思いきり咳ばらいをすると、声は実際によくなった。「自動潤滑装置を持っているから、些細なトラブルは自然に解決するのさ。首から上は非常に複雑な器官だから、とりかえられないよ。なんといっても、嗜好神経があるからね。ステーキが大好きなんだ。食の楽しみを奪われたくない」

「ある種の精神的な奇癖が見うけられるが」外科医ポスビはいった。「それはそのままうけいれるべきだろう」

「よかった。ほっとしたよ」と、わたし。

「しかし、完全化プログラムは遂行する」

アンテナのような出っぱりのある球型のポスビが近づいてきた。金属ブラシでわたしをなでたあと、口を開く。

「見たところ、ガルト・クォールファートはエネルギーを消費しすぎるようだ。つねに慎重な動作を心がけなければならないのに。総エネルギー需給関係が非効率的で、ポスビらしくないのだ。消費エネルギーは生物的方法でおぎなうしかないだろう。ガルト・クォールファートには、つねにスペシャリストを同行させるといい。必要とあればいつでも、すぐに液体凝縮口糧をあたえるのだ」

「本当に必要なのか？」と、わたしはうろたえた。

「そのとおり」

「それなら、粥《かゆ》の開発に参加するよ。なんといってもうまいほうがいい」

「あとで考えよう」球型ポスビが答えた。

嫌な予感がする。

はじめのうちは、ポスビ・スペシャリストとして、ポスビとともに快適な生活ができると思っていた。日常の出来ごとにわずらわされる心配もない。最高ではないか。それが根本的な思い違いだったのか？

「いずれにせよ、知性には問題がないようだと記録しておこう」外科医ポスビはいった。「したがって、ここにおいておく価値はある。しかし、不完全なからだでは心配だ。どうやって生命を維持するか、考えなければならないな」

わたしは反論したかったが、がまんした。なにごとも、やりすぎてはいけない。目的をはたしたではないか。ポスビとともに過ごせるし、うけいれられたのだから。それ以上は望むまい。

次の目標に向かう時間はたっぷりある。あわてる必要はない。ラール人に対してどう出るか、おちついて考えるときがきた。なにか行動を起こしてやろう。わたしはもうその他大勢のなかのひとりではない。ポスビの友ができたのだ。友たちが乗る戦闘能力の高い宇宙船もある。重要なのは、このフラグメント船の指揮権を手にいれること。わたしはポスビのリーダーにふさわしいと自負している。ポスビがわたしのからだをあちこち改良しようと、それはどうでもいいこと。

自然に生えた指であろうと人工補装具であろうと、とくに違いはない。もちろん、絶対にとりかえたくない器官はあるが、それ以外なら、必要とあればぞんぶんに腕をふるってもらおう。ポスビの行動は研究者としてもっとも興味深いものだから。

それに、醜くされることはないだろう。ポスビとはいえ、ある種の美的感覚は持っているはず……

のこっていた麻酔の影響も消えた。友がわたしになにをしたか知りたくて、隣室の鏡に向かう。ポスビ数体が黙って見ていた。頭に奇妙な感覚をおぼえる。なにかが完全に変わっていた。ヘルメットのようなものをかぶっている。

＊

手を頭に持っていかないよう意識した。なにが起きたか、まずはこの目で見たかったのだ。

わたしは鏡の前に立った。

「これは……」と、言葉が思わず口から洩れる。

自慢だった真っ黒な髪が見えない。わたしは赤みがかった青色の圧縮鋼製ヘルメットをかぶっていた。頭と額だけがおおわれ、こめかみと耳はむきだしだ。中央には十センチメートルほどの高さで三角錐状の〝角《つの》〟が立っている。

「な……なにをしたんだ？」

外科医ポスビが近づいてきた。

「頭皮を丈夫な合成素材に変えたのだ。あんたの頭皮は毛根ともども、あきらめなければならなかった。バクテリアが混入するため、生物学的に有害だから。命に関わる心配があった」

「まあ、仕方ないな」わたしはため息をついた。「すべてをうけいれよう。しかし、このヘルメットは？」

指先でそっと触れてみる。

「ほとんどなにも感じない。いったい、これはなんのためだ？」

「保護のためだ」と、外科医。「それでもう脳が損傷する心配はない。認定段階四の力がかかっても……」

「もうわかった」どの程度の力でヘルメットが壊れるかなど、知りたくもない。どのみち、宇宙空間で宇宙船と衝突したら、つけていても同じだ。「てっぺんにある、このとがったものはなんだ？　変なかたちだが」

「アンテナだ」と、いきなり横にあらわれたゴリアテがいった。誇らしげな声が興奮で震えている。「ヘルメットのなかにヴィジフォンが組みこまれている。それがあればあんたは安心だ。いつでもどこでもわれわれと話ができるのだから。一方、なにか重大なことが起きたときに、こちらからもすばやく連絡できる。からだが不調なときには助けを呼べばいい。完全な有機生命体とも、このヴィジフォンで話せるのだ。あんたへのコミュニケーションのプレゼントといったところさ」

その言葉をきいて、わたしの頭のすみにあった恨みは消えた。

「それはいい」と、素直に答える。「心づかいに感謝するよ。しかし、いまは頼むからひとりにしてくれ。人生の半分を手術台の上で送る気はないんだ。わかったか？」

つい、きつい口調になる。

「わかった」ポスビは声をそろえていった。

愛すべき連中だが、なんとも厄介だ。こちらが了解したかどうかはまったく問題にしていないのだから。もし、いま足をねんざしたら、すぐにまた手術台に寝かされることだろう。

わたしは頭をなでてみた。

鋼の手触りがなかなかいい。もしかしたら、髪の毛よりいいかもしれない。

しかし、女はこの姿を見てどう思うだろう？

わたしにとり、それは非常に重要なポイントだった。男は手に負えない。会話をしてもすぐ退屈してしまう。数分でもわたしをひきとめられるのは、特別な人物だけだ。実際、話があう男というのはほんの数人しかいない。

そのうちふたりはＮＥＩの工作員だった。

名前はソルプ・ブロンジェクとアラフ・カマク。知りあったときのことを思いだす。あのときは、魅力的なシルガ・ヴェインジェもいっしょだった。ほぼ一年前、惑星スチガンⅣでの出来ごとだ……

搭載艇は木々の梢をかすめるように飛んでいた。わたしはポスビの友とマット・ウィリーの反対を押しきり、自分の意志を通した。ラール人に対してなにか行動を起こすというのが、次なる目標だったから。惑星スチガンⅣでなら情報が手にはいると思ったのである。

＊

探知ライトが目の前で急に光った。

「そこだ」と、うしろにいたゴリアテがいう。「なにかある」

わたしは小型宇宙船の速度を急速に落とし、ゆっくりと前進した。眼下は沼地で、ところどころに島のような隆起がある。五十メートルほどの高さのスギナに似た植物のあいだに、なにかが見えた。

こちらも見つかっているのは明らかだが、逃げかくれするつもりはない。搭載艇をそちらに向けた。島は幅五十メートル、長さはすくなくとも二百メートルある。木々のあいだに空き地を見つけた。宇宙グライダーが見える。惑星間でよく使われるものだ。

涙滴型グライダーのうしろに着陸。装甲プラスト製のキャノピーごしに外を見る。原始林から霧が立ちのぼっていた。樹木の下は暑く、湿気が多い。植物が密生しているため、視界は二十メートルもなかった。

「われわれが先に降りて、あたりを慎重に調べよう」ゴリアテはいった。「そのあと、搭載艇をはなれる許可をあんたにあたえる。微生物による周辺の汚染が耐えられる範囲であればの話だが……」

「まずはその結果を待とう」わたしはポジトロニクスでできる一般的な調査を開始した。宇宙船の壁にちいさなハッチが開く。テレスコープ状アームが伸びて、土壌や植物のサンプルを採取。すでに空気の値は充分に呼吸可能としめされていた。すぐ調査結果がスクリーンにあらわれる。健康被害の心配もなく、搭載艇をはなれることができそうだ。

ポスビの友は違う見解だったが、わたしはいつまでも装甲プラストごしに外を眺めている気はなかった。もちろん、かんたんな防護服は着用したが、微生物フィルターつき呼吸保護マスクもつけろとゴリアテがいいはる。仕方なく、したがった。

わたしはポスビ五体とマット・ウィリー三体をかきわけ、反対の声も無視してエアロックから外に出た。

数歩も歩いただけで汗ばんできた。暑く湿った空気が膜のように肌をおおう。ゴリアテとほかの数名が、あわててあとを追ってきた。わたしをとりかこみ、危険から守ろうとしたのだが……

遅かった。

「とまれ」と、男の声が聞こえる。

声のするほうを向いた。

三メートルほどの高さの木の枝に黒髪の男が立っていた。手にはブラスターを持ち、こちらを狙っている。

「ハロー」わたしは明るくいった。「ここにはテラナーがいると思ったよ」

男は目をまるくして、

「何者だ?」と、無愛想にたずねる。

「ガルト・ポスビ・クォールファートと呼ばれている」

「ここでなにをしようというのだ?」

「友を探しているんだ」と、答える。「調べたところによると、このスチガンⅣはラール人が開発した惑星らしいな。テラナーの労働力を使って」

「テラナーの奴隷を使って、だろう」男はふくれっ面をした。

「それではわたしの情報は正しいのか」しずかにいった。「ラール人がここでなにをしているか、じっくり見たいと思っている。チャンスがあれば、罰をあたえたい」

「そんなことをおおっぴらにいっていいのか?」男は驚いてたずねる。

「いけないか? きみはこの島にかくれている。つまり、ラール人の友ではありえない。友ならば、かくれる必要もないわけだから」

「そのとおりだ」と、うしろから声がした。振りむくと、小柄な男が木のかげからあらわれた。細面で表情豊かな大きな目をしている。ホルスターにブラスターが見えた。

「なにも知らないようだな」そういって、わたしに握手の手をさしだす。「しかし、ラール人のスパイじゃなさそうだ」

「ポスビを船に返してくれ。そうでないと、話はできない」と、もうひとりが要求。

「聞いただろう？」わたしは友たちにいった。「ひとりにしてくれ」

しかし、ポスビもそうあっさりとはしたがわない。わたしを危険な状態のまま放置することはできないという。わたしは辛抱強くポスビを説得した。ふたりの男はこの成り行きに驚いたようすで、ときどき視線をかわしている。こちらを値踏みしているのだろう。嫌な感じだが、気にしないようにした。ところが、結果は案じていたのと反対で、ポスビがひきあげるとすぐ、ふたりはわたしを信用したのである。自分たちのほうが優位だと確認したらしい。

「わたしの名前はソルプ・ブロンジェク」と、木の枝に立っていた黒髪の男。

「アラフ・カマクだ」もうひとりがいった。「こちらはシルガ・ヴェインジェ」

藪から出てきたプラチナブロンドの女を指さす。この瞬間、ブロンジェクとカマクは視界から消え、ぴったりしたオリーブグリーンのコンビネーションを身につけたシルガしか目にはいらなくなった。こちらがさしだした手にシルガの手がおかれる。火花が飛びちったように感じた。じっと見つめあうわれわれを見て、ソルプ・ブロンジェクが大きく咳ばらいをする。

「おい、異人」ソルプはわたしを軽くつついた。「見つめる相手を間違えてないか？」

「いけないか？」ほほえみながら答える。「こっちのほうがずっといいよ」

ブロンジェクは笑った。

「いっしょにきてくれ、ガルト。その向こうにわれわれのすみかがある」

三人はわたしをかくれ場に連れていった。信頼を得たということだろう。追いかえされる心配はなさそうだ。わたしを殺すことだってできたのだから。とはいえ、計画をすべて打ち明けるとはかぎらない。すこしずつ信頼を深めていくしかなかった。

四日後、われわれはすっかり親しくなった。真実がわかったのは、わたしがラール人への抵抗活動計画を打ち明けたあとのこと。

「ペリー・ローダンがもうすぐ銀河系にもどってくるはず」わたしはいった。「ローダンと連絡をとりたいんだ」

「近い将来に会うのはまず不可能だろう」と、ブロンジェク。「ローダンはこのあたりにけっしてあらわれない。チャンスはＮＥＩの近くだけだ」

「それはどこだ？」

ブロンジェクはかぶりを振った。

「そこまでは教えられないよ、ガルト」

「きみたち、NEIからきたんだろう」と、わたし。「スチガンⅣにもぐりこむ目的で。違うか？」

三人はたがいに見つめあう。それがすべてを物語っていた。

「わかった。なにもいわなくていい。困らせるつもりはないんだ」わたしはそういって立ちあがった。

すぐにシルガも立ちあがる。こちらにくると、手をわたしの腕においた。

「どこへ行くの？」と、シルガ。わたしはその頬にそっとキスをした……ポスビが近くにいないのをさいわいに。

「ここを出ていく。スチガンⅣでできることはない。太陽系に行こうと思う」

「太陽系に？」シルガは驚き、狼狽したようだ。「そこでなにをするつもり？」

「待つ」はっきりといった。「ポスビといっしょにさまざまな将来計画を練りあげた。そのひとつは、まもなく太陽系近くにローダンがあらわれる可能性を前提としている。ローダンに会うチャンスがあると思うんだ」

シルガは目を光らせ、同意をもとめるようにブロンジェクとカマクのほうを見た。しかし、ふたりはそっぽを向き、なにも聞こえなかったふりをする。

このとき、確信した……三人がわたしと同じ目的を持っていると。ラール人が土星の衛星に拠点をつくったのはわかっている。男ふたりとシルガ・ヴェインジェはそこに向かおうとしているのだ。それがNEIからあたえられた使命にちがいない。

「われわれ、出ていくことはできないわ」シルガ・ヴェインジェがためらいがちにいった。「そう……友を待っているの」

シルガは前かがみになると、バッグを手にとった。ちいさな箱状の装置をとりだして、わたしに手わたす。

「コード発信機よ」と、シルガ。「あなたとわれわれがまた近づいたとき、これでおたがいに連絡がとれるわ。意思の疎通は不可能だけど。ただ信号を出すだけなの……〝わたしはここにいる〟ってね。信号は光速だし、ラール人に気づかれないはずよ」

装置をうけとってポケットにつっこみ、ブロンジェクとカマクに別れを告げた。これ以上スチガンⅣにいても意味がないだろう。

シルガ・ヴェインジェが途中まで見送りにきた。男ふたりが見えなくなったところで、立ちどまり、たがいに見つめあった。女が抱きついてくる。

わたしは誘惑に抵抗できず、うっとりと陶酔感に浸った。

悲鳴があがったのはそのときだ。驚いてあとずさり、あたりを見まわすと、ゴリアテのほか、ポスビ三体がこちらに突進してきた。マット・ウィリー二体がつづく。全員、明らかにパニック状態で。

わたしは思わず跳びあがりそうになった。

「ごめんよ、シルガ!」あえぎながら叫ぶ。「わたしがどんな危険にさらされているか、きみは知らない。どうしようもないんだ」

わたしは全力疾走してジャングルにはいりこんだ。ポスビとマット・ウィリーの一群が追ってくる。

「ガルト、ガルト」と、呼ぶ声がする。振りかえると、シルガ・ヴェインジェが呆然と木々のあいだに立っていた。以前にもまして美しく見える。もっと眺めていたかったが、残念ながら時間がない。わたしの健康を心配する友がすぐそこまできていたから。

わたしは原始林をぬけて走った。倒木と朽ち木を跳びこえて、島の先端にたどりつく。目の前は沼地だった。茶色に濁った水が異臭をはなつ池と、メタンガスの泡が浮かぶ水たまりが散在している。

ためらいはなかった。

頭から水たまりに跳びこむ。ふたたび顔を出したときは、怪獣のように見えたにちがいない。

ゴリアテは泣き言をいいながら、木の下に立っていた。おかしくて吹きだしそうになる。ポスビたちは、生体プラズマが瀕死状態になるほどの不安と驚愕にさらされていた。微生物がうようよしている環境で泥まみれになったわたしの姿を見るのは、あまりにもショックが大きかったようだ。

だからといって、どうしようもない。沈まないように腕を水面でばたつかせながら、わたしは大笑いした。目にはいった泥が涙で洗いながされる。

これからどうなるかはわかっていた。友はわたしを消毒液の風呂に漬けて、滅菌するだろう。

新しい人工補装具をつけられるよりはましだ。もし、水たまりに跳びこまなければ、やられていたかもしれない。

ポスビはわたしを泥水からひきあげ、くどくどと文句をいいながら搭載艇に運んだ。なぜこんなことをしたか説明したかったのだが、シルガの姿はもうどこにもなかった。搭載艇は出発した。別れを告げることはできなかった。

それでもわたしは、またシルガに会えると確信している。太陽系……つまり、人類の故郷太陽の近くで。

4

ローダンの記録から。
三五八一年九月三日。

わたしは計算者ドブラクのあとについて談話室にはいった。ここなら司令室に隣接している。あまりはなれると、突発事故のさい、すばやく対処できない。ケロスカーに椅子をすすめたが、立ったままでいた。ドブラクはテーブルに意味不明の奇妙な印を書くと、

「ゼロという数字の幻想だ。そこからすべてがはじまる。あなたがたにとっては重要な意味を持つらしい。すべては幻想から……つまり、地球からはじまる」

わたしはあっけにとられた。

「たしかに」と、認める。「惑星地球は乗員すべてにとり、多くの意味を持つ。それが幻想かどうかはべつとして」

「数かぎりない平行宇宙を有する全宇宙は、機能し自己完結する幻想以外のなにもので

もないのだ」ドブラクは語気を強めた。「それは七次元宇宙数学でかんたんに証明できる。もし、そのとおりだとすれば、地球も全宇宙のちっぽけな一部分なのだから、幻想であることは否定できないだろう」

「わかった」と、仕方なく答えた。ドブラクの理論はもちろん興味深いが、持ちだした例がおもしろくない。わたしにとり、地球はれっきとした〝事実〟である。ドブラクの理論は哲学のようなもの。それによって将来への計画は変わらない。

ドブラクはこちらを眼光鋭く見た。把握肉垂のあいだに、銀色に鈍く光る杖があらわれる。ケロスカーはつづけて、

「それと同時に、地球は宇宙数学的に計算可能な大きさである」

「そのとおりだ」ドブラクがなにをいいたいか、わたしにはわからなかった。提案があるといっていたが。司令室を出たのはなぜだろう。もしかしたら、説明をたえず中断されるのが嫌だったのかもしれない。ほかの者に聞かれたくない秘密を打ち明けるとも思えないから。

「惑星は、数学的に完全に把握できる幻想の……すなわち、太陽系の一部だ」と、ケロスカー。

「われわれ、地球を太陽系からとりのぞいた」わたしはいった。「いまはそこにコボルトがある。その質量で、太陽系がこうむった損失を相殺《そうさい》している」

「すでに遠距離計測をいくつか試みた。それにより、わたしとセネカが予想したことが完全に証明されたのだ」と、ドブラク。「あなたがたは地球を使って暴挙を実行し、それをコボルトでごまかそうとした。その試みは不成功だった」

「どういうことだ？」驚いてたずねる。「太陽系の安定性があやぶまれると？」

「その傾向にある」と、ドブラクは答えた。「テラの科学者たちが使用した基礎数学では、七次元数学が尊重する要素を理解することはできない。太陽系は非常に複雑なのだ。かんたんなやり方でゆさぶり、ふたたび安定に導くなど、不可能というもの」

ケロスカーが考えていることがやっとわかった。

「そうなると、解決方法はひとつ」と、わたし。「われわれ全員にとり、切実な問題だ。地球を太陽系に戻さなければならない。それは可能なのか？」

「まだいえない。とはいえ、惑星地球がもとの位置にもどったら、太陽系という幻想はとどめておける……しばらくのあいだだが」

「それには七次元数学の助けが必要ということか？」

「もちろん」と、ケロスカー。「いずれにせよ、太陽系を七次元的に計測することが前提だ。それには時間がかかる」

「時間はない」冷静になって考える。「ラール人が太陽系をきびしく見はっている。数分前に、土星の衛星付近で強力なエネルギー源が探知された。ラール人のものとしか考えられない。つまり、やつらは実際に太陽系にいるということ。計測などしたら黙ってはいないだろう」

「わたしも懸念している」そうドブラクはいったが、気にしているようには見えない。

「しかし、それはあなたの問題だ、ローダン。もし、地球がふたたびソルの周回軌道にもどるとなれば、どのみち七次元的に計測しなければならない。ほかの方法では無理だから」

「それはわかっている、ドブラク」わたしは答え、考えこんだ。

太陽系の安定性に関しては、さほど心配していない。もしかしたら数十年、あるいは数百年後に崩壊するかもしれないが、いずれにせよ、ある程度は先になるだろう。実際、ソルを守れるかどうかは決定的な問題ではないのだ。はるかに重要なのは、地球をふたたび太陽系に戻せるかということ。そのさいの宇宙数学的、宇宙物理学的必然性については、せいぜいおまけ程度の興味しかない。わたしにとり、だいじなのは心理的意味だ。《ソル》がやっと故郷銀河にもどってきたとき、乗員たちがどのように反応したか、忘れられない。太陽系生まれだけでなく、メダイロン星系や《ソル》で生まれた人間も同じだった。しかし、すぐに気づくはず……故郷に肝心なもの、つまり、地球そのものが存在しないことに。宇宙政治問題が解決したら、ただちに地球を太陽系に戻すという希望を全員にあたえなければならない。それ以外にラール人との戦いの原動力となるものはないのだ。この希望をぶちこわせば、士気は失われる。

「ドブラク、きみが太陽系を計測できるようにしよう」と、ケロスカーに約束した。それがどれほど困難かはよくわかっていたが……

＊

ガルト・クォールファートの記録から。

三五八一年九月三日。


ポスビのゴリアテは主通廊から疾走してくるマット・ウィリーをやりすごした。クラゲ状生物は身を細長くし、ゴリアテのそばを流れるように通りすぎる。

マット・ウィリーはわたしの目の前までくると、またすぐにたいらになった。やがて、からだの中心から細い柱のようなものが盛りあがる。その先端に、アンテナのような〝角〟を持った頭ができた。愛すべき友がわたしの姿をまねたのである。実際にこれほど醜いとは思いたくないが。

「箱だ、ガルト」ウィリーは興奮して叫んだ。「鳴っている」

なんのことか、最初はわからなかった。同じことをもう一度いわれて、やっと思いだす。心臓が早鐘のように打ちはじめた。ちょうどシルガ・ヴェインジェのことを考えていたところだったのだ。シルガからの連絡だ！　この近くにいるにちがいない。

ここ数カ月で身につけた習慣をすべて忘れて、走りだした。はげしい抗議の叫びがうしろで起こる。振りかえると、外科医ポスビ、ゴリアテとプリー、そのほか名前も知らない全員が大騒ぎしていた。わたしがあまりに速く走ったので、エネルギーを消費しすぎて健康を害するのではないかと、心配しているのだ。

そんなことはどうでもいい。

マット・ウィリー一体をいっきに跳び越える。疑似肢がつきでてきたが、とっさに逃れた。反重力シャフトにたどりつくと、なかに跳びこんだ。上昇しはじめると同時に保安ボタンをこぶしでたたく。下で中間ハッチの閉まる音がした。これで友は通れない。

しかし、よろこぶのは早すぎた。三階層上で反重力シャフトから出ると、きびしい表情をしたポスビ三体がすでに待っていたのだ。

「時間がないんだよ、きみたち」わたしは大声で叫んだ。「本当に急いでいるんだ」

伸身跳びで逃れようとしたが、失敗。ポスビたちが思いもよらぬすばやさで反応したのだ。こんな状況でなかったら感動したかもしれない。ポスビ三体が跳躍中のわたしをキャッチする。わたしはさんざん悪態をついたが、保安クッションつきとはいえ鉄のように硬い鉤爪につかまれ、ポスビの上で手足をばたつかせた。

ポスビたちはわたしをゆっくりと下におろした。液体凝縮口糧五百グラムが皮膚から血管に直接いれられる。からだが破裂するのではないかと思った。たちまち、これまでにない満腹感を感じると同時に眠くなる。力を振りしぼって重たいまぶたと戦った。シルガ・ヴェインジェからの連絡が頭にあるから、なんとか眠りこまずにいられた。わたしはふらつきながら、友のあいだに立つ。

「きみたちはいいやつだよ」そういって、大あくびをした。「きみたちがいなかったら、わたしはどうなっていたことか」

「命の危険から救ったのだ、ガルト」と、スチムが答えた。メタルプラスティック製の衣服の下にバイオポン・ブロックが見える。わたしはそれをひそかに〝ハゲタカ頭〟と呼んでいた。

わたしはていねいにお辞儀をした。そのまま倒れこんでしまいそうなほど眠い。

「まことにありがとうございます……」

あくびをしながらこれ見よがしに歩きだし、意識的にゆっくりと次のハッチに向かう。三体はわたしのうしろ姿を見送っていたが、ついてはこなかった。ハッチがうしろで閉まると、慎重にあたりを見まわす。まわりにポスビはいない。マット・ウィリーも見えない。

わたしは走りはじめた。

重い足がもつれて、ころんでしまう。ぞっとした。もし、友が見ていたら、人工補装具をつけられるのは確実だ。すこし頭がはっきりとしてきたので、すばやく立ちあがる。

またころばない程度にゆっくり歩いて、自分のキャビンにたどりついた。幸運にも、ポスビやマット・ウィリーに会わずにすんだ。

部屋にはいると、手が汗ばんでいた。

ベッドの上のコード発信機が鳴っている！

手にとって、とほうにくれた。どうすればいいのだろう？　応答できるのだろうか？NEI工作員からはなにも聞いていない。発信機の表面をすこしずつ探っていくと、指の下でなにかがめりこんだ。小犬の鳴き声のような音がやみ、コード発信機が手のなかで小刻みに揺れる。一定のリズムがはっきりと感じられた。見えないボタンをあらためて押すと、装置は動きを停止。

ベッドに腰かける。呼吸がいつもより速くなっていた。眠気は消えたが、胃に不快な圧迫感がある。凝縮口糧のせいだろう。わたしは決心した。トレーニング・ルームをつくろう。ポスビやマット・ウィリーたちがのぞいたり、訪ねてくることがないようにし、きびしいトレーニングをしてよぶんな脂肪をすべてとるのだ。完全な肥満体になる前に、なんとかしなくては。

わたしは司令室に向かった。だれもいない。船の操縦はバイオ・ポジトロニクスにより、すべて自動化されているのだ。しかし、いくつかの特殊スイッチを使えばこちらから命令をあたえられる。一年かかって、わたしは《BOX＝1278》をほぼ意のままに操れるようになっていた。

メインスクリーンの中央に、全テラナーの故郷であるソルが見える。わたし自身もテラナーだ……テラで生まれたわけではないが。数百年前に地球をはなれ、惑星オリウィンⅣに根をおろした入植者の出だ。それでも、オリウィンが真の故郷ではない。あこがれの故郷は地球である。

NEI工作員のソルプ・ブロンジェクとアラフ・カマク、シルガ・ヴェインジェが太陽系にいることはまちがいない。

だが、なぜシルガ・ヴェインジェはコード発信機でわたしを呼んだのだろうか？

わたしは背筋が寒くなった。

探知されていたのだ！　太陽系内に、だれかわたしの居場所を知っている者がいる。もしかしたら、ラール人かもしれない。

NEI工作員と連絡をとらなければ。まだ望みはある。工作員たちによる警告か、ただたんに注意を引こうとしているのか、はっきりしないから。後者なら、ラール人は関わっていないかもしれない。

背後のハッチが横に滑った。振りかえると、ゴリアテだった。疑り深い目でこちらをじっと見ている。

一瞬、躊躇《ちゅうちょ》したが、なにが起きたのかを説明した。

「どうしたらいいだろう？」と、わたし。

「《BOX＝1278》を表に出すことはできない」ゴリアテはすぐに答えた。

「わかっている、ゴリアテ。しかし、それならNEI工作員と連絡をとるにはどうすればいい？」

「フラグメント船は太陽系に近づけないのだ」

「そんなことは知っている！　つまり、搭載艇を使うしかないということ。ひどく危険な状況になる可能性があるが……」そういったとたん、舌を嚙みきりたくなった。友があれこれ文句をつけるだろう。覚悟しなければならない。

「同意見だ」と、ゴリアテ。「その理由からも、あんたが《BOX＝1278》をはなれることを許すわけにはいかない。ほかのものがNEI工作員との連絡をひきうける」

「だれだ？」

「死人だ」

わたしはびっくりしてゴリアテを見つめたが、すぐに気がついた。ゴリアテはもちろんロボットのことをいっているのだ。活性化した細胞プラズマ・パーツを持っていないロボットは、ポスビから見れば死んでいることになる。

わたしはかぶりを振った。

「そんなことをしてもむだだ。コミュニケーションというのはむずかしいもの。人間やポスビのあいだでも、なかなかうまくいかない。なのに、人間と感情のない存在とのあいだでコミュニケーションを成立させようというのか？　それは双方にとり、荷が重すぎる。わたしがひきうけよう」

「それなら、わたしがＮＥＩ工作員のところへいく」

「それもだめだ、ゴリアテ。きみをとても尊敬しているし、能力も認める。しかし、ＮＥＩ工作員は人間だ。ポスビを理解できないだろう。あるいは、いいかげんなことを伝えるかもしれない。忘れないでくれ。ポスビと人間とのあいだには、まだ本当の信頼関係ができていないんだ。まず、それを築かなければならない。そのためには、わたしが話さないと」

ポスビはいっしんに考えていたが、こちらが望んだ結論に達したようだ。ゴリアテはたしかにわたしをポスビとして認めつつ、人間と同じような生物学的弱点を持つことも知っている。より人間に近いのだから、わたしのほうがうまくコミュニケーションをとれる可能性があるだろう……そう思ったらしく、

「べつの搭載艇三隻を出発させよう」と、ようやくいった。「それに〝死人〟を乗せる。もし戦闘になったら、介入させるのだ。血路を開いてあんたを救いだすために」

このいいまわしはわたしのまねだ。

「了解」と、わたしは答えた。「搭載艇がわたしから充分な距離をたもっていることが

条件だが」

ゴリアテはひきあげていった。ふたたびひとりになったわたしは、メインスクリーンに目をやった。星々の海は銀河系の中心ほど密ではないが、ここ太陽系付近でも見わたしきれない。いつかこの星々の海から、かつての太陽系帝国大執政官が進撃し、ラール人と公会議に対して戦いをはじめるにちがいない。それほど長くはかからないだろう。

ペリー・ローダンはわたしにとり、依然として人類の頂点に立つ男である。しかし、銀河系のすべての人間がそう考えているわけではない。ローダンはもどってこないとあきらめ、アトランを人類の指導的人物と見る者も大勢いる。アトランはここ百二十年ほどのあいだ、銀河系にいた。これは無視することのできない事実である。ただし、アトランの居場所を知る人間はほんのわずかだが。新アインシュタイン帝国は実在する。しかし、それがどこにあるかは相いかわらず秘密のままだ。

そんなことはどうでもいい。わたしが興味を持つのはローダンだけ。太陽系のはずれでその出現を待っているのだ。昨年もしばしばここにきた。何度もラール人に見つかりながら。毎回、戦闘にいたることなく逃げおおせたが、もしローダンが近くにいたら、逃げなかっただろう。

「了解」と、わたしはくりかえした。「すぐに出発するぞ」

司令室を出て、もよりの格納庫へ向かう。ゴリアテには知らせなかった。その必要はない。緊急事態が生じてもヴィジフォンで用がたりるから。

格納庫について、涙滴型の小型搭載艇に乗りこもうとすると、目の前が輝きはじめた。エネルギー圧縮フィールドのなかに三次元映像が浮かぶ。ヘルメットにとりつけたヴィジフォンが作動したのだ。頭のてっぺんでゴリアテの声が鳴りひびく。このような方法でポスビが連絡をとってきたのははじめてだ。

「どうだ？」ポスビは好奇心いっぱいでたずねる。

「すごい」ほめておいた。「いい出来ばえだよ」

「ありがとう、ガルト、それを聞いて元気倍増だ」

「それはよかった。ところで、用はなんだ？」わたしは空中に向かってしゃべった。それで充分に通じる。

「搭載艇の出発準備がととのった。エアロックから出てもいいぞ」

「了解」そういったあと、急に思いついた。「おい、ゴリアテ。このすてきなヘルメット・ヴィジフォンだが、スイッチは切れるのか？　つまり、だれかに呼ばれたら、かならず返事をしなければならないのか、ということ」

「切る必要はない。シャットアウトできる。あんたの意志しだいなんだ。気づかなかったのか？」

そういわれて考えてみれば、目の前が輝く前に、軽い痛みが頭をはしった。

「いずれにせよ」と、わたしは答えた。「安心していいよ。すべて順調だ」

これ以上おしゃべりをする気はない。そういいそうになり、思わず言葉をのみこんだ。すると、目の前の姿が消えた。ゴリアテからもこちらが見えていたのだろうか。ヘルメットに対物レンズはついていないから、それは不可能だろう。指先でヘルメットの滑らかな表面をなで、ためしに軽くたたいてみた。なにも感じない。他人のからだをさわっているようだ。

搭載艇に乗りこみ、しばらく点検してから出発。エアロックのなかにはいっていく。ハッチがうしろで閉まり、すぐにソルを目がけて飛行をはじめた。搭載艇三隻が、ほぼ五千メートルの距離をたもちながらついてくる。

わたしは慎重にコード発信機を手にとった。ボタンを押してみる。装置がまた音をたてはじめた。前よりも大きな音だ。どこかにひそんだNEI工作員に近づいているか、あるいは向こうがこちらに向かっているのだろう。探知機のスイッチをいれ、目の前の宇宙空間をていねいに探す。ちいさなリフレックスがすぐに見つかった。まっすぐこちらに向かってくる。わたしの艇とそのリフレックスを結ぶコースをたどると、土星にたどりつく。ラール人居住地があるところだ。それらは土星のさまざまな衛星に建設されている。

わたしは速度を落とした。

それでもなお、こちらとリフレックスとの距離は縮まっていく。それにつれ、相手も搭載艇であることがはっきりした。

まだ四百万キロメートルほど距離があるときに、ラール人のSVE艦が突然、太陽系から姿をあらわす。

目の前でスクリーンが明るくなった。ゴリアテだ。

「発信機のスイッチを切るんだ！」と、叫んでいる。「できるだけ減速しろ！」

むだとは思ったが、船首のエンジン・ノズルを全開にして制動をかけた。SVE艦の速度が速すぎて、フラグメント船まではもうもどれない。

べつのスクリーンが明るくなった。

「ガルト・クォールファートへ」聞きおぼえのある声だ。「こちらはシルガ・ヴェインジェ。これは音声リールによる連絡です。あなたに近づいている搭載艇にはだれも乗っておらず、オートパイロットで操縦されています。重要な連絡があるの。太陽系帝国のもと大執政官ペリー・ローダンが……」

そのとき、SVE艦でなにかが光った。搭載艇が炎のなかに消える。白熱の物体がその体積の二倍にまでふくれあがり、火の玉となった。わたしはそこへ突進している。

集中してゴリアテのことを考えた。すると、本当に目の前が輝き、ポスビの姿が浮かびあがった。

「艇をはなれる！」わたしは叫んだ。「拾いあげてくれ！」

ポスビがなにかいったが、シャットアウトした。立ちあがって宇宙服を身につける。ヘルメットのバイザーをおろし、エアロックに突進。外側ハッチが開く。力いっぱい船体をついてから、三秒ほど背嚢にとりつけたエンジンを使った。それで充分だった。完全に搭載艇から飛びだす。

ぎりぎりだった。

ラール人はなおも攻撃してくる。わたしが乗っていた搭載艇は、恒星のように明るい炎のなかに消えていった。

ひとしきり文句をいってみたが、あとすこし脱出が遅れればどうなっていたかを目《ま》のあたりにしてやめた。それから先は沈黙する。わたしについてきた搭載艇はすべて破壊された。わずか二十メートルわきを、エネルギー・ビームが音をたててかすめる。

やがて、しずかになった。

構造ヴァリアブル・エネルギー艦は太陽系にもどっていった。ラール人はわたしを漂流する破片くらいに思ったのだろう。

いくらかおちついてきた。わたしは負けたにもかかわらず、SVE艦を勝利者の感覚で見送った。なんといっても、敵はわたしをとらえられなかったのだから。さらに、衝撃的な報告もある。

シルガ・ヴェインジェからの連絡だ。音声リールは搭載艇ごと破壊されたが、かまわない。シルガがなにをいったかはわかっている。

〝ペリー・ローダンが太陽系にもどってくる！〟

かならず、こうつづけたはず。違うなどとは考えられないし、違ったら意味がない。シルガ・ヴェインジェたちは、わたしがフラグメント船とともに近くにいることを探りだしていたのだ。どのような方法を使ったかは、ヴラトのみぞ知る。コード発信機でのこちらの応答だけとは思えない。

連絡の目的は？

答えはわかっている。

ローダンがもどってくる。援助を必要としているのだ。わたしなら、ペリーを助けることができる。フラグメント船でＳＶＥ艦と戦うことも厭わない。

5

ローダンの記録から。

三五八一年九月三日。


わたしは書類が置いてあるのに気づき、不審に思った。

「これはなんだ？」と、フェルマー・ロイドにたずねる。

ミュータントは肩をすくめ、

「説明するのはむずかしいんですが、ローダン」

「プレストライ大尉と話がしたい」

「大尉は外で待っています、ペリー」フェルマーはそういうと、ドアを開けに行く。本来ならわたしの副官の役目だが、大らかな男だから形式的なことは気にしないのだ。ロイドは大尉に目配せをした。

プレストライがはいってきた。手に持った制帽をもてあそんでいたが、やがて、こちらに目を向ける。

わたしは手をフォリオにおいた。

「プレストライ大尉、ここに報告書がある。それによれば、きみは配置転換を希望しているそうだな。SZ＝1＝K23……軽巡洋艦《スカイマン》上層部との意見の不一致が理由とか。いったいどういうことかな？」

プレストライは助けをもとめるようにフェルマー・ロイドを見た。テレパスはそっぽを向いている。大尉を援護するつもりはないようだ。

「自分で話せないのか？」わたしは大きな声を出した。

「サー、中尉のテウンテマンはわたしよりはるかに若いのですが……」

「年齢はまったく関係ない。将校辞令は能力と業績によって交付される。知っているはずだが」

「知っています、サー。もちろん」

「それではいったいなにが気にいらないのだ？」いらだちを抑えてたずねる。

「サー、つまり……テウンテマン中尉は《ソル》生まれなのです」

わたしは椅子にすわりこんだ。冷水を浴びせられたような気がする。

「つづけてくれ」と、わたし。

「サー、中尉だけではありません。《スカイマン》の将校の多くはソラナーです。それに対して、わたしは……」

「テラナーだというのだな？　よくわかっている」わたしは大尉の言葉をさえぎった。

大尉はつばをのみこみ、うなずいた。帽子を手のなかでまわしている。

「サー、精神科医のもとに行ったほうがいいとおっしゃるのですか。劣等コンプレックスだといわれるのはわかっています。いずれにせよ、わたしはテラ生まれですから」

シリヴァー軍曹とのやりとりを真剣にうけとめていなかったため、この問題を忘れていた。ささいなトラブルと関わりたくないのだが。

「《スカイマン》内でも、もめごとがつづいていたわけだな」と、確認。「テラ生まれでない者が嫌な気分を味わっているのか」

「いいえ、サー」と、プレストライ。「その逆で、《ソル》生まれは幸福感でいっぱいなのです。故郷銀河に、さらには太陽系に近づいてきたのですから。このグループにとり、細胞活性装置保持者とミュータントは理想の存在です。その重要性と価値において第一位なのです。イホ・トロト、ガラス男のメルコシュ、シガ星人……ほぼ二百年にわたり、人類と地球を救うために、たゆみなく戦ってきたのだから。第二位が自分たち《ソル》生まれというわけで」

「なるほど」わたしはそう答えたものの、わけがわからない。「どういうことだ？」

「《ソル》生まれは、銀河系から地球が消えたあとの出来ごとを、すべて幕間劇《まくあいげき》と思っている。何もかも、ラール人との戦いにはほとんど関係ない、どうでもいいことだと。

ここ太陽系で、ようやく戦いが再開されると考えているのです。メダイロン星系の地球で生まれたわれわれも、起きるべき出来ごととは関係のない偶然の産物そのもの。《ソル》生まれから見れば、仕方なく地球をあとにしてここにいるだけの存在です。あのまま耐えて地球にのこれば快適な日々が送れたのに……そう非難がましくいわれるわけでして」

わたしはうんざりして、頬杖をついた。

「フェルマー」うめくようにいう。「こんなばかばかしい話に耳をかたむけなければならないのか?」

テレパスは真剣にこちらを見つめた。

「残念ながらそのとおりで、ペリー」フェルマーは答えた。「プレストライの言葉にはいくらか誇張もありますが、いま聞いたような感情の軋轢《あつれき》はたしかに存在します。一種の緊張状態が生じているのでしょう。乗員はここ五カ月ほど、緊迫する場面に遭遇していません。だから全員、いらいらしはじめたようです」

「ここ数日の《スカイマン》艦内の雰囲気は耐えがたいものです、サー」プレストライ大尉はフェルマーと同一歩調をとろうとして、すばやくつけくわえる。

どう対処したらいいだろう。人間とは、それほど些末なことで優越意識を持つものだろうか。

「はっきりと答えを出すべきです、ペリー」と、フェルマー。「この論争は船内の士気に影響するだけでなく、《ソル》の戦闘能力を削いでしまうでしょう。いまこのときに、それは許されない」

テレパスは痛いところをついてきた。それはもっとも重要な問題である。《ソル》はいま、太陽系のごく近くにいる。数多くの探知結果が提出され、ラール人が土星の衛星のあちこちに拠点をつくったこともわかった。太陽系内に、すくなくともSVE艦五隻と超重族の転子状艦《ころ》七隻がいる。明らかにここは、予想どおり〝虎穴〟なのだ。したがって、《ソル》にはつねに厳戒態勢がもとめられる。戦闘能力の低下は許されない。最初から痛ましい結末を予想するわけにはいかないのだ。

プレストライ大尉をたしなめたり非難したりしても意味がないだろう。《ソル》内の心理的状況はなにも変わらない。

「《スカイマン》にもどるのだ」と、大尉に命令した。「配置転換は認められない。きみの問題提起には感謝するが」

プレストライ大尉は敬礼し、キャビンから出ていった。そのあと、すぐにデスク上のスクリーンが明るくなる。

呼びかけると、探知主任将校の姿があらわれた。

「サー、太陽系のはずれで戦闘が起きています」と、将校が伝えてきた。「小競《こぜ》りあいのようですが、搭載艇が関わっているようです」

「いま行く」

わたしはフェルマーとともにSZ＝1の司令室に急いだ。メインスクリーンを見る。なにが起きているのかはわかったが、すべては終わったあとのようだ。四つの火の玉が消える。光点としか見えないような距離だ。戦闘は《ソル》から遠くはなれた太陽系の向こう側で起こったらしい。そのポジションとわれわれのあいだには、土星がある。

＊

ガルト・クォールファートの記録から。

三五八一年九月三日。

わたしは宇宙空間をさまよっていた。まわりがふたたび静寂につつまれる。ラール人の直接攻撃による危険は去った。ポスビの友はおとなしい。わたしを最小限のリスクで救出するタイミングをはかっているのだろう。

ヘルメットののぞき窓の下辺についた計器類の示度を調べた。数値に問題はない。すくなくともあと四時間、宇宙空間に滞在できる。しかし、友はそんなに長くわたしをひとりにしておく気はないようだ。

ヘルメット・ヴィジフォンのスイッチがはいった。のぞき窓にうかんだゴリアテはひどく心配そうな顔をしている。

「ぐあいはどうだ、ガルト？」と、ポスビ。

「大丈夫だ」わたしはリラックスしているように見せるため、明るい声を出した。「悪いわけないだろう？　すぐに救出してくれるとわかったら、もっとよくなるさ」

「そちらに向かっているところだ」ポスビは答えた。「緊急作戦を発動することになるかと案じているのだが」

「どちらでもかまわない」わたしはいった。「とにかく、救出してくれさえすれば」

ゴリアテは接続を切った。それとも、こちらが切ったのか？　わからない。ラール人に発見されないかと不安で、それ以上話すことを本能が拒否したようだ。このすてきなヘルメットのポジトロニクス装置を調整することで、どう行動すべきかわかるといいのだが……

両足をからだにひきよせ、一回転した。それから、飛行を安定させ、《BOX＝1278》があらわれると思われる方向を見る。光るものが見えたような気がしたが、それがなにか考えるひまもなかった。

光ったのは《BOX＝1278》のエネルギー兵器だった。腕ほどの太さの白熱光線が数キロ先をかすめとぶ。

わたしは身をすくませた。フラグメント船がこうした行動に出たからには、しかるべき理由があるにちがいない。

SVE艦だ！　肉眼でも見え、こちらに近づいている。いまはまだ楕円の光点だが、急速に大きくなってきた。

そのとき、《BOX＝1278》が宇宙の闇から出現。多数の突起や構造物や縁どりが、遠い恒星の光に反射している。一瞬、跳ねとばされるのではないかと心配になった。「ゴリアテ！」と、叫んだ。一辺が三千メートルのさいころ船が向かってくる。「ゴリアテ、わたしを探知しているのか？」

「もちろん、ガルト」ポスビはおちついている。「なにが心配なんだ？」

SVE艦からのエネルギー・ビームが防御バリアに巻きこまれていく。

わたしは乾いた笑い声をあげた。

なにが心配かって？　とんでもないいくさだ！

ポスビ船を凝視する目が潤み、喉がつまる。わたしは縦横三千メートルもある山のような物体を呆然と見つめた。どうやって救出するつもりだろう？　ポスビたちがこのまま前進すれば、突起物だらけの《BOX＝1278》の外被にひっかかれてしまう。

太いビームが十メートルほどわきを飛んでいく。わたしはまばゆさにすばやく向きを変え、叫び声をあげた。

「どうした、ガルト？」と、ゴリアテ。「なぜ、そんなにびくびくしている？」

わたしは声をからしてわめいた。自分でもなにをいっているのかわからなかったが。

「やはり、あんたの声帯はとりかえないとだめだ、ガルト」ゴリアテの怒ったような声がする。「いままで、ごまかしていたんじゃないか？」

悪夢を見ているようだ。この化け物ポスビ、いったいなぜ、こんなときにわたしの声帯の状態など考えていられるんだろう？

そのとき、鉄の手につかまれて投げとばされたように感じた。なすすべもなく、ぐるぐるとまわりながら、フラグメント船に目をやる。それはとてつもなく重量感のある構造物で、宇宙船というより、空とぶスクラップの山のようだ。SVE艦のほうは、驚くべき大きさに膨張している。

宇宙船二隻はこのまま衝突するのではないか？

急激な加速を感じた。フラグメント船がうしろから追いたててきて、こちらとの距離がいっきに縮まる。わたしは方向転換しようと手足をばたつかせるが、むだなことだった。目を閉じて、一巻の終わりを待つしかない。

頭のなかに突然、これまでの人生でもっとも美しいエピソードが浮かんだ。もっとも重要だといってもいい。そのせいで、わたしは太陽系の近辺をさまよい歩くことになったのだから……

＊

その女はわたしよりすこし若いくらいだった。ブラスターの引き金に指をおき、こちらを狙っている。わたしの目は女のからだつきのほうに奪われていたが。

「なにしにきたの？」女がたずねる。

「ひと言でいうのはむずかしい」と、答えた。「そのブラスターをホルスターに戻してくれないかな。友が手荒なことをするかもしれないから」

女の黒い目がこちらを軽蔑したように見た。

「ばかなこといわないで」女はいう。「ほかにだれもいないのは見ればわかるわ」

「ゴリアテ、乱暴しないでくれ」と、わたし。ポスビがそっと女の背後から近よっていた。すばやくつかみかかって武器をとりあげると、こちらに投げてよこす。わたしはそれをうけとり、上着のポケットにいれた。

女はあっけにとられている。わたしは近づいてその頬を軽くなで、

「勇気さえ失わなければ、次はきっとうまくいくよ」

女がわたしの手に嚙みつこうとしたが、用心していたので、とっさにひっこめた。もしやられていたら、緊急手術でお楽しみが中断されるところだった。

「なにしにきたか、聞きたいか？」と、ほほえんでみせる。「目的というほどのものは

ない。以前、グリラⅢにテラナーが植民したことは知っている。のちにラール人によって搾取され、立ちのきを余儀なくされたとか。それでも、わずかなテラナーがかつての町の廃墟で生活していると聞いた。どうやら、その話は本当のようだな」

女は額にかかった巻き毛を吹きとばし、胸の前で腕を組んでうなずいた。

「そのとおりよ。で？」

「ラール人のやり方を知りたい」

「なぜ？」女はあきれたようだ。

「わたしもラール人支配の惑星からきたのだ。搾取や特別な洗脳はもうほとんどないけどね」

「ここのラール人はいなくなったわ」女がきっぱりいった。「グリラⅢに目ぼしいものはなにもありません。長居をなさらない方が……」

「なぜ、そう堅苦しい話し方をする？　もっと仲よくなろうよ。わたしの名前はガルトだ」

わたしはゴリアテに目配せした。ゴリアテがそれを〝ハゲタカ頭〟のスチムに伝えると、乗ってきた搭載艇が飛びたった。艇は惑星をめぐる軌道で待機する。われわれ、ラール人のやり方を知るためにこの惑星を探しだしたのだ。わたしは女の耳にささやいた。

「本当のことをいうと、ここにいるロボットから逃げているところなんだ。助けてくれないかな？」

女はこの場にいるのがゴリアテだけではないことに気づき、あとずさりした。青い藪のなかと、赤い花をつけた木々の下に、ポスビ五体とマット・ウィリー二体が立っている。わたしが負傷しないか監視しているのだ。

「きみの名前は？」と、わたし。

「イルよ」女が答えた。どうやら、こちらを信頼したらしい。つま先立ちをして、わたしの耳にささやく。「あとをついてきて。姿をかくす方法を知っているわ」

わたしは女にキスした。

「ありがとうのかわりだ」

思いがけない愛情表現に驚いたのか、イルは跳ぶように藪のなかに逃げていった。あとを追い、全速力で走る。女は思いのほか足が速かった。

ゴリアテとほかのポスビたち、マット・ウィリーが抗議の金切り声をあげて追ってくる。わたしをつかまえて説得するために。全速力で走るなど、命に関わる軽率な行為だといいたいのだ。

イルが突然、大きな声を出した。両手を上に伸ばし、灌木二本のあいだに跳びこんで消える。わたしもためらうことなく、灌木に突進。地面がふたつにわかれた。闇に落ちたあと、柔らかい床に降りたつ。それでも膝に刺すような痛みをおぼえたが。

横で明かりがつく。女はわたしの手をとった。

「早く!」イルが叫ぶ。「もっと急いで」

目の前に装甲ハッチがあらわれ、イルが懐中電灯で発光信号を送る。ハッチが開いた。半円形の開口部を大急ぎでくぐると、ハッチがうしろで鈍い轟音をたてて閉まった。わずかな照明がともる薄暗い通廊を次のハッチまで急ぐ。イルは同じやり方で開けた。その向こうに部屋があった。十平方メートルくらいのひろさで、全体に毛皮が敷いてある。天井には黄色い照明板が見える。部屋のすみには飲み物と、新鮮な食料のはいった箱がいくつかあった。

イルは床にすわりこむと、ほほえんだ。

「先に進む前に、ここでもっとあなたのことを知りたいわ」

わたしに異存はない。三日間、ふたりでこの部屋にとどまった。ただし、話をしていた時間は多くないが。

「父と会ってちょうだい」四日目の朝、女がいった。「近くにいるわ」

わたしも外に出て新鮮な空気を吸いたかったので、反対しなかった。イルが次のハッチを開ける。予想に反し、われわれが向かったのは外ではなかった。機能していない反重力シャフトのなかを、腕ほどの太さの綱で降りる。百メートルほど降下すると、ふたたび足が床に触れた。目の前に黒髪の女が立っていた。大きな黒い目でこちらをじっと見る。からだには布をゆったりと巻きつけているだけだ。

イルが横に跳び降りてきた。

「こちらはザンクサ」と、イルがいう。「あなたの面倒を見て、父のところにも連れていくわ」

ザンクサが唇をなめた。どうやら、趣の違うプレゼントということらしい。

三日後、ザンクサが打ち明けたところによると、この美しい惑星には若い女がふたりしかいないという。ザンクサとイルだ。ふたりが〝父〟と呼んでいる男は老人で、尊敬してはいるが、男のうちにはいらない。

そこに、わたしがあらわれたというわけだ。

この有益な情報を提供したあと、ザンクサは姿を消した。かわりにイルがまたあらわれる。

わたしはかぶりを振ると、

「だめだよ」と、いった。「きみとふたりきりになる前に、きみのいう〝父〟と話したい」

わたしの意志がかたいことに気づき、イルはうなずいた。

「いいわ。いらっしゃい」

わたしが案内されたのは、奥行き百メートル、幅五十メートル、高さ二十メートルほどのホールだった。風変わりな赤い照明がほどこされていて、中央に巨大なベッドがある。そこに〝父〟が寝ていた。人間というよりミイラだ。禿げた頭を血のように赤い枕にのせている。目が異様に大きい。

〝父〟は細い手をわたしにさしだした。

「ようこそ、グリラⅢへ。うれしいよ、ガルト・ポスビ・クォールファート。よくここまできてくれた」

それを聞いて、わたしは驚いた。〝ポスビ〟だと？　女ふたりには素性を打ち明けていないのだが。

ザンクサが椅子を持ってくる。

「わたしはこの銀河の〝目〟である」と、老人はつづけた。「預言者だ。ラール人がくることも、地球が銀河系から消えることも知っておった。ザンクサとイルには、すでに数日前、あんたがくることを告げた。だからイルは上にいたのだ。わかっていたのだ。だから、われわれ、けっして上には行かない」

〝父〟は頭がおかしいのだろうか、と、わたしは思った。それとも、本当にかれのいうとおりなのか？

「あんたはローダンを探しておるな」〝父〟ははっきりといった。

ぎくりとした。図星だったから。

「あんたにはまだ時間がある、ガルト・ポスビ。テラの年代計算法によれば、ローダンが銀河系に到着するまでに半年かかる」

「半年だって？」驚いた。「なぜ、それがわかるんです？」

〝父〟の干からびた顔がほころび、しわくちゃにまるめた紙のようになった。

「重要なことはすべてわかる」と、〝父〟。

「それでは、ローダンはどこにあらわれるので？」

「〝虎穴〟だよ、若いの。太陽系か、さもなければ、人類の故郷銀河のすぐ近くだ」

軽い手がわたしの肩におかれた。目を上げると、イルがうしろに立っていた。

「もういいでしょう？」イルは小声でいった。「父は年よりなのよ。ごらんなさい。もう目を閉じている」

わたしは美しい女とともに外に出た。考えにふけりながら、

「上に行かなければ」と、女に告げた。「これ以上、とどまることはできない」

イルはそっとわたしにもたれかかった。

「ここにいるしかないのよ」

「なぜだ？ 無理にひきとめることはできないはず」

「あなたを助けたかったし、助けられるかもしれないと思ったの」イルはため息をついた。「でも、だめだわ」

「なぜ？」わたしは腹がたってきた。

「綱が切れているからよ」

わたしはイルをおいて、反重力シャフトへ急いだ。イルがいったことは本当だと知り、愕然とする。われわれが伝って降りてきた綱が床に落ちていた。明らかにひきちぎられたのだ。もう上に行く手だてはない。

イルがわたしの肩を軽くたたいた。

「なぜ、ここにのこりたくないの？」と、ほほえむ。からだをおおっていた布が落ちた。

わたしは頭をかいた。

「そうだ、ここにいればいいじゃないか」と、つぶやき……

三日後、わたしはけたたましい叫び声で眠りからひきはがされた。ザンクサとイルが急いでやってくる。

「逃げるのよ、ガルト」イルの声だ。

なにごとかと立ちすくんだ。

「早く！　ポスビがきたわ！」ザンクサが必死に金切り声をあげる。

これで決まりだ。わたしは思わず大声で笑った。ふたりが強引に腕をひっぱるが、むだというもの。これ以上、女たちの従順な戦利品になっているつもりはない。ここでの滞在はたしかに快適ではあったが……

ゴリアテが文字どおり暗闇から救出にきた。ザンクサとイルをわきに押しのけ、両腕でわたしをかかえて反重力シャフトまで運ぶ。三メートルも行かないうちに、さらにポスビ四体がくわわり、わたしを女たちのところから慎重に連れだした。

「死ぬのではないかと、心配したぞ」ゴリアテが嘆いた。「体重が十キログラム減っている」

わたしはなにもいわず、ポスビにからだをあずけて目を閉じる。この数日、友がいつくるかと思っていた。このことがあって、ポスビは考えたわけだ……いつでもどこでもわたしと連絡がとれるように、とりはずせないヴィジフォンをつけようと。

反重力装置をもちいてシャフトを上昇する。そのさい、綱が切れているように見せる手のこんだしかけを見つけた。ザンクサとイルのしわざだ！

大急ぎで搭載艇にもどり、すぐに出発して《BOX＝1278》に向かった。そのあいだ、ポスビの友はなんとかわたしの命を守ろうと、緊急栄養補給を試みる。わたし自身は命の危険などまったく感じなかったが、あまりに疲れていて抵抗できなかった。友たちがあらゆる凝縮口糧と増強剤をつめこむにまかせる。やがて、まぶたがひとりでに閉じてきた。

意識を失う寸前、考えた。〝父〟の頭がおかしいかどうかは関係ない。わたしの道はまっすぐ太陽系につづいているのだから……

6

ガルト・クォールファートの記録から。

三五八一年九月三日。

わたしは耐えがたいほどの加速度を感じた。ヘルメットが頭に食いこむようだ。次の瞬間、宇宙服から飛びだしてしまうのではないかと思った。しかし、とてつもない圧力はすぐにおさまる。

目を開けてみた。

SVE艦ははるか遠くにいた。攻撃してきたものの、エネルギー・ビームがフラグメント船の防御バリアにあたっただけだ。すぐ近くだったので、思わず目を細める。自動遮光装置が作動したため、その必要はなかったのだが。

わたしは防御バリアと船壁のあいだにいた。《BOX＝1278》と同じ速度で宇宙空間を進み、開いているハッチにゆっくりと近づく。

なにが起こったのか、やっとわかった。緊迫した状況下で、友は可能なかぎり慎重な救出を試みたのである。わたしを牽引ビームでとらえて加速させ、高速で移動する船内にはいれるようにしたわけだ。それが、こちらに接近しながら攻撃してくるSVE艦をかわす唯一の方法だった。

足がエアロックの床についた。安堵する。またもや幸運に恵まれた。

エアロックのハッチが自動的に閉まり、内側ハッチが滑るように開いたと思うと、ポスビ三体が突進してきた。

「ぐあいはどうだ、ガルト？」〝ハゲタカ頭〟のスチムがたずねた。

「ぶじだった！」ゴリアテが金切り声をあげる。「生きのびる自信はあるか？」

「もちろんさ」と、わたしは答えた。

「血だ！」外科医がヘルメットを折りかえして叫んだ。望遠鏡になった腕を伸ばし、わたしの頭を指さす。「耳がつぶれている。死ぬぞ！」

耳介に手をやったわたしは、痛みで思わず顔をしかめた。指先が血で赤く染まる。

ゴリアテと〝ハゲタカ頭〟がわたしを高く持ちあげ、運びだした。

「おい、おちついてくれ」と、大声を出す。「耳介は生命に関わる重要な器官じゃない。たとえすこし裂けたとしても、たいしたことないさ」

「おとなしくするんだ」ゴリアテが訴えるように、「その判断はあんたにはできないよ、ガルト。あんたのからだの有機的な部分には生命力がないんだぞ。わたしの思いどおりになるなら、すぐにメタルプラスティック接合手術をうけてもらう」

「残念だが、きみの思いどおりにはならない」そういったものの、わたしはとっくに抵抗をあきらめていた。疲れきってしまい、休みたかったのだ。耳介のために戦うなど、無意味というもの。負傷したことは事実だ。あきらめるしかない。

「どうするつもりだ？」と、手術台の上でたずねた。

「新しい耳介をつける」外科医が意気さかんに答える。

「プラズマの代用品で、金属のような強度を持っているんだ」〝ハゲタカ頭〟がいった。

「いまからあんたの耳介を切りとるが、それより百倍は長もちするだろう」

わたしは目を閉じた。

「好きなようにしろ」あくびをしながらいった。「眠い」

全身麻酔だったので、ちょうどよかった。長く眠れるし、途中で起こされる心配もない。わたしは心安らかに眠りについた。やがて、心地よい目ざめが訪れた。

麻酔からさめて、クロノメーターに目をやる。三五八一年九月五日だ。驚いて思わず口笛を吹いた。友はずいぶん長い休憩時間をくれたらしい。

ベッドからおりて立とうとしたとき、足が暖かいプレートのようなものにさわる。疑似肢二本がとびだしてきた。どうやらマット・ウィリーの上におりたらしい。

「どこへ行く？」マット・ウィリーが心配そうに聞いた。

「ひとりで衛生キャビンに行きたいんだ」

「運んでやろう」

わたしはため息をつきながら、仕方なくクラゲ状生物に運んでもらった。ウィリーは慎重に、わたしを落とさないよう支える。とはいえ、衛生キャビンにまではいってくるのはおせっかいというもの。

「ちょっと待て」わたしはそういうと、急いでこの親切な従者からおりた。戸棚にかけより、アルコール度数の高いベルンネット・リキュールで満たされた革袋をとりだす。

「漏斗になれ」と、命令。

マット・ウィリーはしたがい、漏斗のかたちになった。そのなかにリキュールを惜しみなくぶちまける。ちっともうまくない酒なのだ。ほんもののテラのウィスキーなら数千倍もおいしいだろうが。グリーンの液体が漏斗のなかで揺れて音をたてる。

「で、これをどうするんだ?」ウィリーが悲しげにたずねた。

「吸いこめ」

わたしはリキュールがマット・ウィリーの体内に消えていくのを満足して見とどけた。クラゲ状生物がかすかなため息をつく。まるで、飲みすぎを気にするように。二メートル先まで歩いたところで、疑似肢が消滅。床に音をたてて倒れ、だらりと横たわったままになった。

「ウィリー？」わたしは驚いて呼びかけた。「だ……だいじょうぶか？」

クラゲ状生物はなにか意味のわからないことをつぶやき、歌を歌おうとした。わたしは耳をふさいで衛生キャビンに逃げこむ。歌声はシャワーの音でなんとかかき消された。二分もたたないうちに、水滴のなかに三次元映像があらわれた。ゴリアテの顔が浮かんでくる。

「どうしたんだ？」わたしは大声でたずねた。

「コード発信機が信号を出している」と、ポスビが答える。

それから先は聞かずに、シャワーを温風に切りかえて、からだを乾かした。コンビネーションを急いで着用し、司令室に走る。酔っぱらったマット・ウィリーはほうっておいた。そのうち気がつくだろう。

ゴリアテは司令室でわたしを待っていた。ブロンジェクとカマクとシルガ・ヴェインジェからあずかったコード発信機を手にしている。それをうけとると、失敗に終わった冒険旅行のことを思いだした。スクリーンに目をやり、《BOX＝1278》が指令どおりふたたび太陽系近くのポジションにもどっていることを確認。

「NEI工作員はなにを伝えたいのだろう？」思わず大きな声を出した。ゴリアテはなにもいわない。答えようがないのだろうか。手の小箱からインパルスを感じる。わたしはためらうことなく返信した。信号をうけとったことを知らせなければ。あらたに連絡をよこしたからには、きっと理由があるにちがいない。ローダンについて、なにかわかったのだ。それ以外、ありえない。

「信号が送られてくるほうに行くんだ」と、命令。「緊急警戒態勢。《BOX＝1278》の全攻防用武器の戦闘準備をしておくこと。わたしはこの司令室にとどまる」

これまでになく興奮していた。のるかそるかの瀬戸ぎわなのだ。前回の出来ごとから二日たっている。NEI工作員もわたし同様、危険を充分に承知しているはず。なにが待ちうけているのか、どのような危険にわたしを巻きこむか、わかっているだろう。それでもあえてメッセージをよこしたということは、非常に重要な意味を持つと考えざるをえない。

「ローダンだ」と、わたしはつぶやいた。「もと大執政官に関すること。そうに決まっている」

特注の指令用シートにすわった。《BOX＝1278》はすでに加速をはじめ、ちいさな光点……ソルに向かって急いでいる。

船載クロノメーターを見る。数分たった。永遠のように感じる。

ついに、探知スクリーンにちいさなリフレックスを見つけた。

NEI工作員がまたしても搭載艇でやってきたのだ。予想どおりだった。大型船ならかえって驚いただろう。わたしはハイパーカムのスイッチをいれた。すぐにスクリーンが明るくなる。目の前のプロジェクション・フィールドにシルガ・ヴェインジェの美しい顔があらわれた。

「シルガ」と、呼びかけた。「搭載艇に乗っているのか?」

「あとのふたりもいっしょ」シルガはせわしなく答えた。「土星の衛星から逃げるはめになったの。ラール人がぴったりあとをつけているわ」

「なにか連絡があるのでは?」そういいながらもわたしの目は、うっとりするような美貌に釘づけになる。シルガがなにか答え、〝ローダン〟という言葉が聞こえたが、それ以外は頭のなかを通りすぎた。女の声に聞き惚れながら、ジャングルでのことを脳裏に浮かべる。

「聞いているの?」と、シルガ。

わたしは驚いて跳びあがった。

「もちろんだ」

「その奇妙なヘルメットみたいなものはなに?」

「ああ、なんでもないよ」あわててほほえむと、気にするなと手で合図した。「つまり、ポスビの友が……」

その瞬間、わたしは驚愕して目を見開いた。

「シルガ!」と、叫ぶ。「SVE艦二隻が……」

シルガがすぐに振りかえる。ソルプ・ブロンジェクの四角い顔がスクリーンにあらわれた。あわてているようだ。

「急いでくれ、ガルト」と、ブロンジェク。「早くしないとまにあわない」

わたしはインジケーターを調べた。

「あと五分かかる」と、説明した。「なんとか持ちこたえるんだ。緊急の場合は搭載艇をはなれろ。あとから救助する。わたしも同じようにしてポスビに拾ってもらった」

胸がしめつけられた。まにあわないことはわかっている。かといって、《BOX＝1278》をさらに加速しても意味がない。搭載艇とほぼ光速ですれ違うことになるから。そうなれば、こちらはなにもできない。

手が汗ばんできた。

はじめて、SVE艦との大規模な戦闘に巻きこまれるのだ。この戦いを避けて通ることはできない。さもないと、NEI工作員が犠牲になってしまう。

＊

ローダンの記録から。

三五八一年九月五日。

司令室に行く途中で、突然、警報が鳴りひびいた。最後の数メートルを走って向かう。

探知スクリーンから、すぐにメインスクリーンに目をうつした。ＳＶＥ艦が二隻、太陽系のはるか外にある物体をめざして高速飛行している。

フェルマー・ロイドが隣りにあらわれ、

「狙っているのはフラグメント船です」と、簡潔にいう。

「介入しよう」わたしは心を決めていた。

「それはまずい」と、テレパス。「そんなことをしたら、これまでの慎重な行動がむだになります。ラール人に戦いを宣言することになり、太陽系は大混乱におちいるでしょう。数日で、われわれの帰還が全銀河系に知れわたりますよ」

「どちらが正しいか、いまにわかる」わたしは反論した。「ポスビは友だ。友がラール人にぶちのめされるのを黙って見ていることはできない」

メントロ・コスムに出発命令を出した。《ソル》は最大価で加速しながら飛行を開始。未知のポスビ船は太陽系の反対側にいるので、まんなかをつきぬける以外に方法がない。いずれにせよ、リニア飛行でその距離を飛びこえることにする。

「介入するぞ」わたしはもう一度確認した。

メントロ・コスムはすでにリニア飛行にうつっていた。数秒後にリニア空間をふたたびはなれ、ＳＶＥ艦二隻のそばに接近。艦はフラグメント船に猛攻をしかけている。

「搭載艇が！」フェルマー・ロイドが叫んだ。「やつら、それを撃っているんだ」

その搭載艇をかすめて、二条のエネルギー・ビームがはしる。ちっぽけな宇宙船は巧みな操縦で攻撃をかわした。

「テラの船じゃないか」と、いきなり実体化してきたグッキーがいった。

＊

ガルト・クォールファートの記録から。

三五八一年九月五日。

そのとき突然、巨大な宇宙船があらわれた。驚いて息がとまりそうになる。

「《マルコ・ポーロ》」と、わたしは自分でも知らないうちに口に出していた。それがただの球型宇宙船ではないと気づくよりも早く。「ローダンだ！」

「ちくしょう、やられる！」ソルプ・ブロンジェクが大声で、「早く攻撃してくれ、ガルト！」

「撃て！」と、わたしは命令した。「一斉砲撃だ」

武器が猛威をふるいはじめ、フラグメント船が揺れた。炎の洪水がラール人の構造ヴァリアブル・エネルギー・カバーに向かっていく。しかし、相手はびくともしない。膨張し、エネルギー＝セル艦が恒星のように光るだけだ。SVE艦をこちらの武器で破壊しつくすことは不可能だと、はじめからわかっていた。

ソルプ・ブロンジェク、アラフ・カマク、シルガ・ヴェインジェもそれを悟ったらしい。シルガがソルプをわきに押しのける。顔が真っ青だ。

「遅すぎたわ、ガルト」シルガは小声でいった。「もう救出は無理よ」

「どうか、脱出してくれ」と、わたしは懇願した。「もしかしたら、逃げられるかもしれない」

強い衝撃で《BOX＝1278》が揺れ、シートから投げだされそうになった。シルガの美しい姿が消える。わたしはメインスクリーンを見あげた。

搭載艇がいたところには、白熱状態のガス雲がひろがっているだけ。

わたしは怒りにかられ、徹底攻撃をポスビに命じた。従順な友はエネルギー兵器による砲撃をつづけ、宙雷をつづけざまに発射する。無意味なこととは知っていたが。

「ローダンがいれば……」ゴリアテが同情するように小声でいった。「ローダンはKPLプロジェクターを持っている」

「それはなんだ？」わたしはあえぎながらたずねた。

SVE艦のエネルギー・カバーが揺らめきはじめる。

「コンスタントなパラ結合を不安定化する装置だ」と、ゴリアテ。「SVE艦のエネルギー＝セルが持つ五、六次元的エネルギー流を吸収することにより、艦を不安定にする」

SVE艦二隻と《BOX＝1278》との距離はわずか一万キロメートルほど。もし、三隻がそのまま飛びつづければ、同じ間隔ですれ違う。《マルコ・ポーロ》とおぼしき船は大きく放物線を描いてこちらに向かってきた。

「いま、ローダンがトランスフォーム砲攻撃を開始した」と、ゴリアテが報告。

SVE艦二隻は気が狂ったように加速している。もはや艦内に生存者がいるとは思えない。エネルギー・カバーはますます強く揺らめき、かたちがひどくゆがんできた。一ラール艦が超新星のように燃えあがる。数秒後、もう一方も同じ運命をたどった。

わたしは呆然とスクリーンを見つめた。

すべてが終わったのだ。危険は去った。ローダンがいなければ、やられていたかもしれない。こちらに避難しようとしたNEI工作員三名のように……

「太陽系から超重族の転子状船が近づいてくる」〝ハゲタカ頭〟スチムの声がした。

わたしはぎょっとした。まだ安心するのが早かったか？　ローダンとあえて悶着を起こそうなんて、なにを考えているのだろう。グリーン肌のやつ、頭がおかしくなったにちがいない。

呼び出しランプが明滅していた。ゴリアテがスクリーンを切りかえると、細面の男がスクリーンにあらわれた。見たことがない顔だ。

「こちらは《ソル》だ」と、男がいう。

「《ソル》?」ひどく失望した。「なぜ、《ソル》なので?」

「この宇宙船がそう命名されたから」

「それはそうだ……なるほど」自分でもなにをいっているかわからない。相手はさぞ変に思ったことだろう。

「そちらは問題ないか?」見知らぬ男が聞いた。

「問題?」そこでわたしはわれにかえり、「もちろん。助けていただき、感謝します。そうでなければ、もっと面倒なことになっていたはず」

「だから、連絡したのだ。こちらのコースとポジションのデータを伝えたい。転子状宇宙船からはなれて、どこかじゃまのはいらないところで会おう」

「了解しました」そう答えたが、頭は混乱したままだった。なぜ、《マルコ・ポーロ》ではないのか? ローダンは《マルコ・ポーロ》に乗っていたはずなのに。

「ポジトロニクスとオートパイロットを受信に切りかえた」と、ゴリアテが報告。

「ありがとう」わたしはつぶやき、気力を奮い起こした。「出発だ」

スクリーンにジグザグの線があらわれた。《BOX=1278》のポジトロニクスが情報を収集しているのだ。

わたしは背もたれによりかかった。失望を感づかれないようにふるまいながら、スクリーンに向かい、

「うかがいたいのですが、サー。だれが、その……《ソル》の最高指揮をとっているのですか？」

「ペリー・ローダンだ」と、答えが返ってくる。わたしはたちまち幸福感につつまれ、そのあとの言葉がひと言も耳にはいらなかった。だまされたのではなかった！〝父〟は本当に預言者だったのだ。かれのいったとおり、ローダンは姿を消してから百二十年でふたたび銀河系にあらわれた。太陽系にもどってきたのだ。

「すごいぞ、これは……」わたしはそういいかけて、口を閉じた。オートパイロットにより、《BOX＝1278》がリニア空間に潜入したのである。これで転子状宇宙船は危険な存在ではなくなった。超重族はこちらのコースのデータを持っていないから、追跡できない。もうだいじょうぶだ。

わたしは興奮して跳びあがった。

「聞いたか？」大はしゃぎで叫びまわる。「ペリー・ローダンが銀河系にもどったぞ！太陽の使者が帰ってきた。ラール人を宇宙の果てまで追いはらうため、ヴラトがきたんだ」

わたしは〝ハゲタカ頭〟にコップ一杯の水をたのむと、成型シートにもどって飲んだ。はげしい心臓の鼓動がしだいにおさまる。

「太陽の使者ヴラトがやってきた……」と、ふたたびくりかえした。

7

ローダンの記録から。

三五八一年九月五日。

《ソル》と《BOX＝1278》は太陽系から遠くはなれて通常空間に復帰。特別プログラムでシンクロに切りかえた宇宙船二隻は減速し、ほぼ千キロメートルまで近づいた。われわれのだれも、まさかフラグメント船内にテラナーがいるとは思わなかった。ポスビとマット・ウィリーしか乗っていないと決めてかかっていたから。

「奇妙な男ですね」異人の顔がスクリーンにあらわれると、フェルマー・ロイドがいった。「あのピッケルつきヘルメットはいったいなんだ？」

「いまにわかるだろう」と、わたしは答えておいた。「こちらにくるようにいってくれ。かれと話したい」

こちらの要望が伝わると、相手の目は輝いた。

「すぐに行きます」男がいったあと、スクリーンが暗くなる。わたしはフェルマー・ロイドのほうを向き、《ソル》生まれに関する問題を話しあった。十分ほどすぎたころ、司令室の主ハッチが開いて、風変わりなかたちをしたポスビ四体がはいってきた。つづいてマット・ウィリー四体。そのあとにようやく、ピッケルつきヘルメットの男があらわれる。わたしは意外に思って立ちあがった。想像していたのとまったく違うからだつきをしている。

目の前にいたのは筋骨たくましい大男だった。肩幅がひろく、大きな手はいかつい。からだ全体に厚みがあるが、太っているわけではない。体力・気力がありあまっているように見うけられた。

「よく銀河系にもどってこられました、サー」男は地響きがするような声を出し、みごとな歯ならびを見せた。「わたしがどんなにうれしいか、おわかりにならないでしょう」

わたしはかれに好感を抱き、手をさしだした。相手もこちらの手をとろうしたが、ポスビ一体がきしむような音をたてると、あわててひっこめる。

男は手の甲で口をぬぐった。きまり悪そうに両手を絡みあわせてはほどいている。こちらに右手を数センチさしだしながら、おびえたような視線をポスビに投げ、ひきつった笑みを浮かべた。

「あの……非常に申しあげにくいのですが……」口ごもりながらも言葉をつづける。

「わたしは……あなたと握手できないのです。おわかりですか？」

男はこちらを懇願するように見つめた。フェルマー・ロイドが急に笑いだす。

「いや、わからない。遺憾ながら」と、なかばおもしろがって答えた。「わたしの手が遠い銀河で汚染されたとでも思っているのかな？」

「そうです、サー、そのとおりです。いや、そうではない。いや、やっぱりそうです。いや、わたしはそうではないと思っている。しかし、ポスビはそうだと思っている。おわかりでしょう。そんなことをしたら、わたしは手を失ってしまいます」

わたしはあっけにとられて男を見た。いったいなにをいっているのだろう。頭がおかしいのだろうか。

「狂っているとお思いでしょうが、そうではありません。完全にまともです。わかりますか？わたしは科学者で、名前はガルト・クォールファート。しかし、いまやポスビに監視されているのでして」

わたしはため息をついて、腰をおろした。

「長いこと人間世界からはなれていたのではないか？」慎重にたずねる。

ガルト・クォールファートは隣りにすわった。

「〝長いこと〟というのは相対的な概念ですね、サー」と、ガルトは答えた。「女との関係でいうならば、それは永遠にも等しい。男にかぎっていえば、最後に人間と話をしたのは半時間前だったような気がします」

ガルトは咳ばらいをし、決心したように話しはじめる。

「つまりこういうことです、サー。わたしはポスビとしてうけいれられました。しかし、ポスビたち、わたしのからだは生物学的に設計ミスだと思っている。そのため、すこしでも負傷すると緊急外科手術をほどこすのです。あなたと握手したら、ポスビはただちにわたしに襲いかかり、手を殺菌するでしょう。それだけではすまずに、手を切断して完璧な義手ととりかえるかもしれません」

「なるほど」わたしはそういったものの、まだ理解できない。

「わたしの行動は常軌を逸しているように見えるでしょうが」ピッケルつきヘルメットの男はつづけた。「しかし、ポスビ研究にすべてを捧げたというだけのこと。完全にポスビと順応しなければ、研究の成果を得ることはできません。わたしはそれを実行したのです。握手を拒んだことを、どうか悪く思わないでください」

「わかった」と、わたし。今度は本当に理解できた。ガルト・クォールファートが急にまともに見えてくる。たしかに風変わりな男だが、気が狂っているわけではないようだ。

ガルトは赤みがかった青色に光る圧縮鋼製のヘルメットに手を置くと、

「このヘルメットもそうした事情で」と、説明をはじめた。「頭にちいさな傷ができたため、頭皮をとりかえることになったのです。そうしたら、頭蓋カバーまでついてきまして。傷がどうなったかはもう調べられません。このヘルメットは二度ととれないものですから」

わたしはうなずくしかなかった。

「わかった、ガルト。きみを歓迎する。なんといっても、銀河系にもどって出会った最初のテラナーだから。つまり、われわれが戻ったことをまだだれも知らないのだ」

「だれも？」ガルトは驚いたようだ。「それなら、搭載艇の友がわたしに伝えようとしたのはまったく違う内容ということ。ローダンという名前が出たものだから、そのあとの言葉に耳をかたむけなかったのですが。わたしは一年ほど前から、この太陽系付近であなたの帰還を待っていました。ときどき、銀河系の現状に関する情報を得るため、あちこちのテラナー植民惑星に調査旅行をしたもの。しかし、それ以外はいつもあなたを待っていたのです」

ポスビ研究者のうしろにグッキーが立っていた。わたしが目で問いかけると、ちびは合図を送ってきた。ガルト・クォールファートは正常で、その話も信用できるとのこと。グッキーによれば、ガルトは本心から話しており、悪意はないという。

「それは都合がいい」と、わたしはいった。「われわれ、早急に情報を必要としている。提供してもらえるか？」

「知っていることはすべて話しましょう」ガルトは目を輝かせた。

＊

ガルト・クォールファートの記録。

三五八一年九月五日。

わたしはひと目でローダンに魅了された。思ったとおりの人物……七種族の公会議がさまざまな星間帝国を支配する以前、銀河系の最高権力者だった男である。ローダンだけでなく、《ソル》の主司令室にいたほかの乗員やミュータントにも好感を持った。《ソル》の設備はたいしたものだ。それにくらべれば《BOX＝1278》など、原始的宇宙船にすぎない。

銀河系の現状について、知っていることはすべて話そうと思った。そのためにここにきたのだから。これまで、危険を顧みずさまざまな惑星を細かく見てまわった。ラール人支配の真の姿を伝えようと、あれこれ行動してきたのだ。

「銀河系はあなたを待っています」と、わたしは話をはじめた。「数多くの惑星でヴラト教が発生しました。昔の大衆信仰を思いおこさせます」

「ヴラト教？」ローダンは語気を強め、「それはなんなのだ？」

「あなたを太陽の使者ヴラトと呼ぶ宗教です。銀河系の種族を公会議のくびきから解放してくれると信じています」

ローダンは目を細めた。この話にショックをうけたらしい。

「どういうことだ?」と、ローダン。

「気を悪くしないでください。ヴラト教がどのように生まれたか、だれも知りません。しかし、信仰が存在するのは事実です」

「それほど腹をたてることもないのでは」フェルマー・ロイドがいった。「太陽の使者への信仰が大きなチャンスになる可能性もあります。おちついて充分に吟味するべきでしょう」

ローダンは考えこんだ。頭をフル回転させているようだったが、やがて、うなずく。

「きみのいうとおりだ、フェルマー。よく考えてみよう」

「そうしてください、サー」と、わたし。「あなたが姿をあらわせば、それだけで一挙に大衆を味方にひきいれることができます。多くの惑星でラール人に隷属する人々が耐えてこられたのは、いつかあなたが解放してくれるという望みがあったから。ヴラトが銀河系にあらわれる日を、だれもが待っているのです」

「その信仰がどういうものか、まったく想像できない」ローダンはためらいがちに答えた。「説明してくれないか」

わたしは一同を見まわした。奇妙な感じがする。わたしにとり、ローダンはつねに現実のイメージがあったが、その友たちには違和感をおぼえる。これまで信じられないような話を聞いてきた。ただの伝説なのか、ローダンと同じく実在するのか、まったくわからなかった。それがいま、《ソル》の司令室に顔をそろえているのだ。ネズミ＝ビーバーのグッキーはすぐにわかった。ケンタウロスのタクヴォリアンも。そのうしろはハルト人のイホ・トロト。背丈が三メートル以上もある大男で、ひときわ高くそびえている。スーパー・ミュータントのリバルド・コレッロ、奇妙な姿のメルコシュ、ロード・ツヴィーブス……ケロスカーの外見には驚いた。

「ヴラト教は人間の住んでいる惑星ならどこにでも存在します」わたしは雰囲気にのまれながらも、口を開いた。「影響の強いところもあれば、そうでないところも。信仰による効果がどのようなものか、一度だけ経験しました」

「話してくれ」と、ローダン。

「いい思い出ではないので……」わたしはその話を持ちだしたことを後悔した。

「どのような経験をしたのか聞きたい」ローダンはいった。「きみがヴラト教を悪用したという話なら、興味はないが。わたしはどんなかたちであれ、集団ヒステリーをひきおこす気はない」

「そんな話ではありません」と、反論。「この信仰は人々にふたたび勇気をあたえます。たしかに、ヴラトの出現後しばらくは興奮状態になるかもしれませんが、そのあとはおちつくでしょう。人々は、あなたが神ではなく人間ローダンであると理解するはず」

「では、早く話してくれ」じれったそうにローダンがいう。

わたしは細部まで思いだそうとして、目を閉じた。

「それはトラムパノットという惑星での出来ごとでして……」

＊

わたしはそのとき、トラムパノットのヴラト教に関するハイパー通信を偶然キャッチした。その惑星では修道女のみがヴラトを信仰しているという。女と聞くとじっとしていられないたちなので、興味津々《きょうみしんしん》だった。

司令室に行き、ポスビの友を説得にかかった。搭載艇を使ってトラムパノットを調査しなければならないといいはる。白熱した討論は一時間におよんだ。わたしが死ぬのではないかと恐れていたポスビも、やがてあきらめ、わたしの単独行動を許した。たえず連絡がとれるよう、大がかりな通信装備をつけることにしたが。

結果的に、これがポスビの監視なしで動けた最後の経験となったわけだ。

《BOX＝1278》は恒星トラムパエットを対探知の楯とした。そこから搭載艇でラール人支配の惑星に接近。危険を充分に自覚していたため、慎重に行動したが、それでも注意が足りなかった。大気圏最上層への突入のさい、命中弾をうけたのだ。搭載艇をあきらめ、飛行可能な宇宙服でトラムパノットの地表に向かう。ミサイル一機が小型宇宙船を完全に破壊するのが見えた。

気がつくと、宇宙服が異常をしめしていた。落下が速すぎる。しかも、飛行方向をコントロールできない。わたしは困りはてて、ポスビの友に助けをもとめた。すぐに救出するという返事がきた。

ほのかに光るエネルギー形成物に近づいていく。金色に輝くドームで、直径はほぼ二百メートル、高さは七十メートルほど。必死で避けようとしたが、だめだった。エネルギー壁のなかで燃えてしまうかと思ったそのとき、構造通廊が出現。それをぬけて軟着陸し、インケロニウム製の屋根を地面まで滑りおりる。ところが、右膝を負傷したらしく、立ちあがれない。

数分後、目の前に女がひとりあらわれた。背が高く、男のようにたくましいからだつきをしている。にやにやしながらわたしを眺めまわし、

「あんた、なにしにきたの？」と、ぶっきらぼうにたずねた。

ずいぶんな歓迎ぶりだ。ようやく命びろいしたのに、その挨拶はないだろう。わたしは悪魔のささやきを聞いた気がして、こう答えた。

「口を慎め、シスター。わたしは太陽の使者の告知者である。太陽の地下牢より出て、まっすぐこの惑星に飛んできたのだ」

こんなばかげた話をしたら、笑われるか、わき腹を蹴とばされるだろう。そう思った

のだが、違った。女は目を見ひらくと、ゆっくりひざまずき、わたしの手を握って口づけしたのだ。やがて立ちあがり、あわててどこかに去る。

わたしは宇宙服を脱ぎ、友と連絡をとろうとした。しかし、エネルギードームが通りぬけできない格子のように妨害しているため、うまく通信できない。ひどい痛みをこらえて、やっと右脚から服をはぎとったとき、三十人ほどの女の一団がこちらに向かってきた。全員、金色に輝くケープを身につけ、腰のあたりを黒いバンドでしめている。女たちはわたしの前で平伏した。わたしの手に口づけをしては、なにかつぶやく。なにをいっているかはわからない。しかし、この大騒ぎの意味はわかった。

ヴラト修道院に跳びこんだにちがいない。女たちはわたしが太陽の使者の告知者だと信じたのだ。

「気をつけてくれ」わたしは修道女たちを遠ざけた。「着地に失敗した。右脚が折れたようだ」

女たちは涙を流しはじめた。わたしをそっと助け起こし、インケロニウム製のドーム内に運ぶ。わたしはされるままになっていた。どのみち歩けないのだし、これほど多くの美しい女が面倒をみてくれるのだ。断る手はない。

これから起こることを頭のなかで妄想する。

豪華なホールについた。若い女が五十人ほどひざまずいている。歓声と笑い声がわたしを迎えたが、女たちはその場から動かない。太って威厳に満ちた年配の女がふたり、近づいてきた。ひとりがわたしの腕をつかむと、

「おまえが太陽の使者の告知者か？」と、金切り声でたずねる。

わたしはおびえた。とんでもない成り行きになってしまった！　もし前言撤回なんかしたら、あの太い腕で外にほうりだされるかもしれない。あるいはもっとひどいことをされるかも……そこで、

「いかにも、わたしは太陽の使者の告知者だ」と、くりかえした。次の瞬間、大歓声がわきおこる。ドーム天井が崩れ落ちるのではないかと心配になった。これほどの熱狂を経験したことはない。わたしはそのとき、権力を握ったと実感したもの。女たちを思いのままにあつかうことができるのだ。すぐに熱が冷めることはわかっていたが、それまではこの修道院の支配者になれる。

わたしは考えた……〝ふむ、悪くない。ポスビのかわりに数百人の女が世話をしてくれるのだ。快適な生活かもしれない〟

そのあと、いっぷう変わった儀式に出席した。太陽の使者ヴラトを敬うものとはいえ、ヴラト信仰の宗教的性格は出ていない。女司祭が語ったのは、銀河系の解放および悪い権力の追放について。闇からきた悪い権力というのはラール人のことだろう。ローダンの名も登場した。トラムパノットでのヴラト信仰は、宗教と政治の手のこんだ混合物ら

しい。聞いている女たちは恍惚状態だ。

残念ながら、この儀式を最後まで見ることはできなかった。膝のはげしい痛みで意識を失ったのである。

気がつくと、ベッドに寝かされていた。脚には副木が当てられ、若い女が四人、そばで看病している。わたしが目をさましたとわかり、女たちはほほえんだ。頭がはっきりするまで数分かかったが、そのあと、ふたたび悪魔のささやきが聞こえる。

わたしは美しい四人の女にいいよった。女たちのほうもその気になり、楽しいひときを過ごす。だれとふたりきりになるかが問題だったが、チャンスはその日のうちに訪れた。

ヴラトの教え子たちは気づいたのだ……ひとりで看病したほうがずっとうまくいくことに。

太陽の使者ブームが惑星じゅうをおおったのは、そのあいだのことだ。小耳にはさんだところによれば、最高位の女司祭ふたりがひろめたものらしい。トラムパノットの住人がラール人に対し、消極的な抵抗に出たのである。奴隷のような境遇からはすでにぬけだしていた。解放への希望を抱きながらも、あからさまな戦闘にならないよう、できる範囲でラール人を手こずらせようとしたわけだ。

ヴラト教の修道女たちが惑星の町々に急ぎ、太陽の使者の告知者が到来したことを地下組織に知らせた。わたしの登場を演出し、惑星全土に感動をひきおこす。ラール人はこの百年間ではじめて、自分たちの力が完全に浸透していないことに気づいた。美しい女たちのやさしい看護をうけながらも、わたしはどうやってトラムパノットから姿を消そうか、それだけを考えていた。自分の軽率な発言がこれほどの威力を持つと知っていれば、あんなことはいわなかったのだが。わたしのひと言が惑星全土の人々を抵抗運動に導いてしまったのである。

わたしの体力は日ごとに落ちていった。修道女たちが惑星でもっとも栄養価の高い食べ物を運んでくるが、体重は減る一方だ。

脚もよくならない。安静が必要だったのに、守らなかったから。それでも、ヴラト教司祭のワンク・ハンがくるというので、なんとかベッドをはなれた。

修道女たちがわたしをホールに連れていく。わたしは威厳に満ちたふるまいにつとめた。ワンク・ハンが最高位の女司祭ふたりとともに立っていた。大柄で、わたしより三十センチメートルほど背が高く、肩幅もわたしよりひろい。

ワンク・ハンはこちらに目を向けると、うれしそうにほほえみ、手をさしのべて駆けよってきた。

「太陽の使者の告知者！」ハンは叫んだ。「お目にかかれて光栄です」

われわれは握手をかわした。

「本来、ヴラト・ハウスは男子禁制でしてな」と、ハンは冗談めかして、

「この修道院のすべての女性は、きびしい戒律にしたがって生活しなければならない。男の誘惑から守るためです。しかし、あなたは例外だ。この意味からすると、太陽の使者の告知者は男ではない」

修道女数人がこらえきれずに笑う。

「そうすると、この方はいったいなんなのです？」と、魅力的なスーが叫んだ。

「男でしたわ」と、クリスがつけくわえる。

ワンク・ハンの顔がいっきに曇った。

「説明させてください」わたしは懇願した。しかし、その声は修道女たちのふくみ笑いや爆笑にかき消され……

わたしが言葉を発したのも、自分の声を聞いたのも、そこまでだった。

司祭の巨大なこぶしが襲ってきたのである。みごとに命中して、歯が折れた。床に倒れこむとき、ポスビ数体がホール入口から跳びこんでくるのが見えた。そのあと、目の前が暗くなる。

ふたたびわれに返ったときは、《BOX＝1278》の手術台の上だった。ゴリアテが親切に説明する。新しい義歯をいれ、右の膝から下はすべて義足に交換したと……

8

ローダンの記録から。

三五八一年九月七日。

ガルト・ポスビ・クォールファートによる報告をうけ、この百二十年間に銀河系でなにが起こったのかようやくわかった。ラール人の権力が強固となり、銀河系を支配下においたという。NEIをのぞけば、非従属的勢力はもはや存在しない。

「アトランは自分をつらぬくことができたはずです」と、クォールファートは説明した。「ラール人や公会議と対等にわたりあえる、ただひとりの人物だったのですから。しかし、〝スタトゥス・クオ〟でラール人と手を打ってしまいました」

「〝スタトゥス・クオ〟?」わたしはたずねた。「なんのことだ。説明してくれないか、ガルト」

ガルトはあきれたような目をこちらに向けると、

「かんたんなことですよ、サー」と、答える。「政務大提督アトランは、ラール人にとらえられた人類の多くを奪還し、銀河中枢部の未知領域に連れていきました。そこに新アインシュタイン帝国をつくったのです。どこにあるのか、わたしも知りません。銀河系最大の秘密でして」

話はわたしのキャビンで聞いた。フェルマー・ロイドとグッキーもいっしょに。ポスビ研究者の報告はひと言洩らさず記録された。

ガルト・クォールファートはNEIのかくれ場を知らないらしい。だが、わたしにはわかる。アトランはプロヴコン・ファウストにひきこもったにちがいない。ラール人支配がはじまったとき、主惑星ガイアを有するポイント・アレグロはわれわれに大きな可能性を提供したもの。ヴィンクラン人も仲間だった。この真空案内人が暗黒星雲のエネルギー嵐のなかを誘導するのだ。ヴィンクラン人がいなければ、プロヴコン・ファウストにはいることも、出ることもできない。

クォールファートがそれを知っているとは思えなかった。あとになればわかるかもしれないが、当面は慎重を期すべきだろう。

「たしかに」わたしはいった。「アトランが秘密をこれほど長いあいだ守り通したことは注目に値する。ところで、〝スタトゥス・クオ〟とは？」

「大提督は戦いを中止することで、ラール人と合意に達したのです。アトランは銀河系におけるすべての活動を断念しました。ラール人支配下の惑星に住む人類の前から姿を消すかわりに、ラール人は隷属政策を緩和し、逮捕や処刑をやめる。再教育はまだ実施するものの、以前のように無理強いはしない。それが〝スタトゥス・クオ〟の諸条件です、サー」

わたしは頭を殴られたような気がした。

呆然とフェルマー・ロイドに目をやる。テレパスはクォールファアートの思考を追っていた。こちらにうなずき、ポスビ研究者が真実を……あるいは、すくなくとも真実と信じていることを語ったとしめす。

しかし、〝スタトゥス・クオ〟の条件が現実とは思えなかった。ありえない。わが友アトランがそのようなことに関わるわけがない。

「サー、アトランの行動が意外だったようですね？」と、クォールファアート。

図星だった。動揺したものの、なんとか自制する。

「そのとおりだ」と、認めた。「人類への裏切りだから」

「いいすぎでは？」フェルマー・ロイドが口をはさんだ。

「そんなことはない」わたしはきびしく答える。

「アトランにはそれなりの理由があったにちがいありません、ペリー」と、フェルマー。「遠くはなれていたわれわれと違い、アトランは現場にいたのです。それを忘れないようにしなくては。当然、現状に対する判断は違ってくるでしょう。生きのびるために、条件をのむほかなかったのかもしれません」

「攻略不能なかくれ場から指揮をとっているとしてもか？」

「なるほど、NEIがどこにあるかご存じなのですね？」ガルト・クォールファートが驚いてたずねた。

「なんとなくは」と、曖昧に答える。「いや、フェルマー。どんな理由があろうと、そうした協定の弁解にはならない」

クォールファートは咳ばらいをして、頭のヘルメットをなでた。

「悪くとらないでください、サー」ガルト・クォールファートはいった。「もちろん、協定は契約ではありません。直接、話しあって決めたわけではなく、むしろ折りあいをつけたのです。結果的にそうなっただけで」

「アトランはそれほど忠実に守っているわけでもないよ」と、グッキーがつけくわえた。

「なんたって、太陽系にはNEIの工作員がいるしね。違う？」

「そういうことですね」クォールファートが認める。

わたしは憮然として口をきつく結んだ。

「それがどうしたというのだ？」と、問いかける。「ラール人をのさばらせるだけではないか。まったく、きみたちはそんなこともわからないのか？」

「正直にいわせてもらえば」クォールファートが答えた。「なぜあなたがそれほど憤慨するか、わからないのですが」

「敵に反撃をくわえたり、決定的に力をそいだりする最大のチャンスは、対決のはじめにあるのだ。時間をあたえれば、敵は社会的地位をかため、基地をつくる。あるいは改革教育プログラムを実現するため、こちらの陣営から権威ある人物を遠ざけ、自身の勢力を投入する。その結果、相手はいっそう強く、戦いはより困難になるだろう。百二十年かかってかたまった権力を、一年か二年でふたたび駆逐することはできない。百年以上かかるかもしれないのだ。いっていることがわかるか？　アトランの猶予協定は、ラール人と公会議の支配を数十年も長びかせてしまう。消極的な態度に出るのは、暗黙のうちにラール人の手助けをするようなもの。やつらの権力を強固にするだけだ。それが信じられない。アトランは非常に賢明な男だ。そのような間違いをおかすわけがない」

「つまり、協定を結んだふりをしているだけだと？」フェルマー・ロイドがたずねる。

わたしはうなずいた。

「そう確信している。ほかに考えられない」

「アルコン人は実際に、手のこんだ偽装工作をはじめたのかもしれません」と、テレパス。「公会議勢力を打倒するための長期計画を練っている可能性もある。いま公会議勢力がどうなっているかを知ったら、驚くでしょうな」

ロイドはポスビ研究者にわれわれの体験を手みじかに語った。ツグマーコン人と公会議の中心人物を永久に孤立させた話も。

「つまり、もうラール人にはうしろ盾がないのですね」すべてを聞き終わったクォールファートはきっぱりといった。

「そのとおり」と、わたしは認めた。「いまが徹底攻撃の絶好のチャンスなのだ」

「ラール人とあからさまなパンチの応酬をするつもりですか？」

「いや、クォールファート、そうではない。ケロスカーの助けを借りて、ラール人のための戦略的計画を作成する。ケロスカーが提出すれば、ラール人はうけいれるだろう。ただし、その計画はにせもの。ラール人を権力の終わりに導く内容だ」わたしはほほえんだ。「ヴラト信仰を利用することに決めたぞ。方法はまだはっきりしないが、可能性を探ってみよう」

「なにかいいアイデアを考えます」ガルトが約束する。

「アトランと連絡をとらなければならない」と、わたしはつづけた。「われわれ、物資も燃料も不足している。アルコン人が解決に力を貸してくれるだろう。補給が必要なのだ。太陽系にまだNEI工作員がいると思うか？」

「かならずいますよ」クォールファートが答えた。

「よし、それなら、もう一度太陽系に接近する」わたしは決心した。「ラール人たち、われわれがきたとは思いもしないだろう」

＊

ガルト・クォールファートの記録から。

三五八一年九月八日。

ローダンはいっていた……ヴラト信仰を利用することに決めた、と。

わたしは嘘だと思う。これ以上わずらわしい問題に関わりたくないから、あんな発言をしたのだろう。

ローダンはみずから太陽の使者として登場することに反対なのだ。それに、太陽系への帰還が期待はずれだったのではないか。つまり、だれもが心から歓迎すると思っていたのだ。

それは疑問だ。

期待どおりではないだろう。きっと違う。わたしは真実をローダンにいうべきだったのだ。しかし、尻ごみしてしまい、できなかった。

成り行きにまかせるしかない。

ポスビ二体とマット・ウィリー三体が、わたしの一挙手一投足を監視している。かれらにつきそわれ、ぶじに将校食堂にはいった。おおぜいの将校とミュータント数人が食事をしている。グッキーもいた。ネズミ＝ビーバーやフェルマー・ロイドと同じテーブルにつく。

「よう、テレビ塔」イルトが無遠慮にいった。「天気予報はなんだって？」

「きょうは雨が降るでしょう」わたしはそう答えて、指先でヘルメットのアンテナをたたいて見せる。

そのとき、《ソル》ヴィジョンからの放送がはいった。船内放送局のシンボルがスクリーンにあらわれ、将校食堂内がしずまりかえる。すぐにシンボルはチャーミングな女の顔に変わった。

「遠征指揮官ローダンからのお話です」

スクリーンにペリー・ローダンの顔があらわれた。

「数日前、ひとりの将校がわたしのところにきた」と、テラナーははじめた。「かれは、ある軽巡洋艦からの配置転換を希望したもの。理由は乗員間の不和だという。乗員のなかに、恒星メダイロンのもとの地球で生まれた者と、《ソル》内で生まれた者がいる。その一方がみずからを本当のテラナーと称し、他方を軽蔑的に〝ソラナー〟と見くだす……そうしたことがまかり通っているらしい。

船の幹部は全員、この事実に一様に驚いた。なによりも心外だったのは、こうした不和がよりにもよって、故郷銀河に帰還しようとするときに発生したこと。銀河系はわれわれすべての故郷である。太陽系や地球も同じだ。

テラナーにとり、どこで生まれたかはたいした問題ではない。違いがあるとすれば、それは人格に関するもののみ。人格は幹部が判断する唯一の基準だ。この考えでいくと、出生地で優劣を判断する者にテラナーの資格がないことは明らか。

われわれはすべて、目的を同じくしている。故郷をとりもどす戦いをさらにつづけなければならない。けっして妥協せず、おのれのものを守るのだ。

それにさいし、協力をあおげる人物がいる。

その男は、われわれのために戦うべきかどうか迷ったことなど一度もない。自身を犠牲にするほどの価値がテラナーにあるかどうか、考えたこともない。これまで、つねにそうして行動してきたのだ。

その男はテラナーではない。

アルコン人だ。

すなわち、アトランである。

すぐれたテラナーであるかどうか出生地で決まると考えている者は、一度、自問してみてほしい。本質的にはこのアルコン人のほうが、おのれよりすぐれたテラナーではないのかと。

静聴を感謝する」

その言葉をのこし、ローダンの姿はしだいに薄れていった。

わたしはフェルマー・ロイドに目をやった。この船内でなにが起きているのだろう。ローダンがこのようなかたちで介入しなければならないとは……

ロイドはなだめるように右手をあげて、

「心配することはない、ガルト」と、いった。「たいしたことではない。この数カ月、乗員たちは退屈していた。すると、どうしても不和が生じる。しかし、またおちつきをとりもどすさ。ドキュメンタリー映画や説話でしか知らないとはいえ、乗員たちの多くにとり、政務大提督アトランは最高の手本だ。重要な人物なのだ。ペリー・ローダンの親友であるアルコン人を間近で見たいと、だれもが熱望している」

このとき、わたしは悟った。ペリー・ローダンはアトランの〝スタトゥス・クオ〟を信じていないのだ。アトランがかくれ場にひきこもり、ラール人に銀河系をゆだねたなどとは想像もできないのだろう。

エピローグ

ラウール・フルトン中佐は思わずまゆをひそめた。横長のデスクの向こうにすわっている人物が気にいらない。いかにも堅物という感じがする長身の男で、名前はストーク・パリ。無愛想である。すくなくとも、外見は。

「大行政官アトランみずから、すべての報告書に目を通す時間がないことはわかっています」中佐はいった。「しかし、この場合は違う。通常の枠を超えたものや、ある種の特徴を持つ出来ごとは、ただちに報告することになっているので」

ストーク・パリは書類をわきに押しのけた。

「あなたの報告書はここにあります。提出ありがとう。すぐにしかるべき部局に回しましょう。しかし、いまのところ、できることはそれだけなのです。嘘ではない」

フルトンは口をゆがめた。すると、無表情だったパリの顔が急に変わり、笑みが浮かぶ。中佐はびっくりしてアトランの第一秘書を見つめた。ほほえみの意味がわからない。

パリはつづけて、

「命がけの出動から帰還したというのに、下《した》っ端《ぱ》の秘書が融通のきかない頑固者で、自分の努力もむだにされてしまう……そう思っているのでしょう、中佐。あなたのおかした危険を、この事務屋がまったく理解していないと。違いますか？」

フルトン中佐は唇を噛んだが、やがて大声で笑い、

「そういうことです、サー」

ストーク・パリは立ちあがった。

「あなたと同じく、わたしも任務にはげんでいるのです。それを信じていただきたい、中佐。アトランは報書告を読みます。もしかしたら、あなたを自分のオフィスに呼びだすかもしれません」

そのとき、アルコン人の執務室に通じる扉が開いた。アトランがジュリアン・ティフラーと数名の企業家をともなって入室。話に夢中で、パリとフルトンの存在にも気づかずに前を通りすぎる。そこでふと、アトランが立ちどまった。中佐に目をやってから、ストーク・パリのほうに向く。

「なにか変わったことでも？」と、アトラン。

持ち前の鋭い勘が働いたようだ。秘書は黙って、ラウール・フルトン中佐が作成した報告書を大行政官に手わたした。アルコン人はそれをうけとると、フルトンにうなずいて見せる。そのあと、なにごともなかったように、企業家との会話をつづけながら立ち

さった。

「これで満足ですか？」と、パリはフルトンにたずねた。

「ええ」NEI工作員は肩をすくめる。「いま、わかりました。アトランはここガイアで、ただ報告を待っているだけではないんですね」

「たしかに、ほかにもすることがありますから」ストーク・パリが自慢げな笑みを浮かべた。

フルトン中佐はアトランとはべつの出口から部屋を出た。食堂に行き、軽い食事をとる。デザートを食べていると、テーブルのヴィデオ装置のスイッチがはいった。見知らぬ若い女の顔がプロジェクション・フィールドにあらわれる。

「フルトン中佐、秘書室までおこしください」理由を聞こうとしたが、スイッチが切れた。だれも知らないはずなのに、なぜ自分の居場所がわかったのだろう。

ストーク・パリのオフィスに急いでもどる。第一秘書はデスクのわきに立ち、アトランの執務室への扉を指さした。

「どうぞおはいりください、中佐」パリが愛想よくいう。

執務室では、アトランが見たことのない装置を操作していた。目をあげて、フルトンにあいている椅子をすすめる。扉が開き、ジュリアン・ティフラーがはいってきた。

「報告書を読んだ」アルコン人はNEI工作員に手をさしだすと、「きみが見た宇宙船のようすをもう一度くわしく話してもらいたい」

「それは、片方の球が欠けたダンベルのように見えました」フルトンは答えた。「球のほうが進行方向で、握り手の部分がうしろです。球の直径は二千五百メートル。握り手は長さ千五百メートル、直径も同様に千五百メートル。宇宙船が介入してきたのは、工作員であるソルプ・ブロンジェク、アラフ・カマク、シルガ・ヴェインジェの乗った搭載艇がSVE艦の攻撃をうけたときです。三人はラール人に正体を知られてしまい、フラグメント船に逃げようとしたのですが、失敗しました。未知の宇宙船はSVE艦を破壊し、ポスビ船もろとも消えたのです。敵は大騒ぎとなり、太陽系にいたラール人上層部はこのアクシデントに怒り狂っていました」

「よくわかった、中佐」と、アトラン。「で、その宇宙船の形態はたしかだな？」

「まちがいありません、サー。探知現場にいましたから。ラール人はすべてのデータを読みとり、遠距離計測を実行しました」

「しかし、宇宙船は消えた。そういうことか？」

「そうです」

「ありがとう、中佐。では」NEI工作員はアトランと握手をして出ていった。アルコン人はジュリアン・ティフラーとふたりだけになると、「まちがいない。ティフ、ペリー・ローダンの《ソル》だ」

「たしかに」ティフラーも認める。「そのようです。ＳＺ＝２とそっくりだ」

アルコン人は答えをためらっていたが、やがて、「待ったほうがいい」

「《ソル》がきたことは、しばらくＳＺ＝２に黙っていよう」と、いった。

「なぜですか？」

「漠然とした勘だ」と、アトラン。「いずれにせよ、ペリーは《ソル》でやってくる。それがほんものの《ソル》だとすればの話だが……それからでも、ラス・ツバイたちなら充分まにあう」

ティフラーはフルトン中佐の書類に手を伸ばして、ぱらぱらとめくった。

「ほんものの《ソル》だという前提で考えましょう」と、ティフラー。「不確実な部分はありますが、まずはペリー・ローダンがもどってきたと考えて行動する必要があります。つまり、ローダンを助けなければなりません、アトラン」

「それはそうだ」アルコン人は認めた。「《ソル》はＳＺ＝２がおちいったのと同じ困難に直面している。物資が不足し、燃料も底をついているだろう。輸送品のリストを作成し、ペリーが緊急に必要とするものを運ばねばならん」

「もちろんです」と、ティフラーは、「ただ、どこへ運べばいいのか……」

「可能性はただひとつ」大行政官はすぐに答えた。「太陽系か、その近辺だ」

ジュリアン・ティフラーは驚いて目をあげ、

「アトラン」と、語気を強める。「フルトン中佐の報告を聞いたでしょう？ ペリー・ローダンは《ソル》とともに消えたのです。SVE艦と戦ったあとなのに、ふたたび〝虎穴〟にもどり、ラール人の鼻先にすわると思いますか？ そんなことをしたら、すぐに探知されて攻撃をうける」

「まだ確信は持てないが、ティフ、ペリーは前から太陽系近くにとどまっていたのではないかと思う。ラール人に発見されることなくきたが、搭載艇とフラグメント船の加勢をしたとき、はじめて気づかれたのだ。わたしなら、もとのかくれ場にもどるだろう。今回、もしかしたら太陽系内に侵入し、ソルのすぐ近くにかくれているかもしれない。ペリーを見つける可能性はそこしかない。行き違いになるかもしれないが、輸送船を太陽系付近に送り、そこでペリーと会えることを祈ろう」

ジュリアン・ティフラーは顔をしかめて、

「すべてラール人の自作自演である可能性は？」と、たずねた。

アトランはかぶりを振った。

「それはないと思う、ティフ」

ジュリアン・ティフラーは両手をズボンのポケットに突っこんだ。

「わたしが輸送を指揮します、アトラン」反対はさせないといいたげだ。「かならずペリーを見つけますよ。もどってきたなんて、うれしいじゃないですか」

「同感だ、ティフ」アトランも賛同した。「それにしても、気にいらない。ローダンはなぜ、ラール人との戦闘にいち早く介入したのか」

「事実関係はほとんどわかっていないのですよ」と、ティフラーが反論する。「ペリーを非難するのはかんたんですが、フラグメント船を加勢するには、それなりの理由があったのだろうと思います」

「そうだな、ティフ」

ジュリアン・ティフラーはアルコン人の執務室を出た。歩みが速くなる。出発すると決まったのだ。それまでの時間がもどかしい。

《ソル》に関しては、構造もメカニックも装備もすべてわかっている。必要な品を集めるのはかんたんなこと。

それからの数日間、ジュリアン・ティフラーは一心不乱に任務にはげんだ。その過程で何度か、容易に答えの出ない問題が浮かびあがった。ガイアの周回軌道にいるSZ＝2に問いあわせようかと考える。だが、やはりやめた。

問いあわせるべきだと思う。ティフラーはうしろめたさのようなものを感じた。しかし、同時にこうも考えた……ペリー・ローダンが故郷銀河にもどってきたとSZ＝2に知らせたら、もめごとが起きるだろう、と。

アトランと自分の決定は間違いだったのかもしれない。しかし、いまとなっては修正不能だ。あとはSZ＝2の乗員に説明するしかない。まずは事実をたしかめようとしたのだ、と。

ようやく輸送作業がはじまったとき、ジュリアン・ティフラーはほっとした。当面、SZ＝2の問題はプロヴコン・ファウストにのこしておけばいい。

あとがきにかえて

増田久美子

三七五巻の「あとがきにかえて」は増田が担当します。三六八巻の〝行きたくてドイツ〟の続きということで。たかだか一週間そこそこの旅なのになにを大げさな、と思われる読者もおられると思いますが、そこは思い入れの深さということで、お許しください。

旅の前半をウルム近郊にある友人の墓参り、後半を恒例となったパーダーボーンの友人宅訪問で旅程はほぼ消化してしまいました。それなりに有意義であり、充実していたのですが、いかんせん移動に時間を取られて遊びの部分（旅自体が遊びといえば遊びなのですが）がない。どこか知らない場所を訪ねてみたいという気持ちが抑えられません。心ときめく体験がしたい。しかし、残り時間ごくわずかなので、帰国に備えてあらかじめ前日に移動したフランクフルトで望みを叶えることにしました。

パーダーボーンから到着したのがお昼すぎ。フランクフルトは空港から外に出たことはこれまでありません。街のイメージとしては大都市、超高層ビル、マイン川程度で、東京とたいした違いはないだろう。ということで、あえて見てまわりたいとは思っていませんでした。それでも、話の種にと小一時間で駅前から適当に歩きまわってみました。観光目的らしい人々の歩く方向に、つねに駅との位置関係を頭にいれて行動。地図は持っていないし、迷子になると時間がもったいない。街の雰囲気を体感し、においを嗅げばそれで充分です。そうはいっても、あちこちじっくり見たくなるものを発見しましたが、それはあきらめてマイン川の方向だけ確かめていったんホテルへ。

その時点で午後二時。フロント係の若い女性に、電車で三十分ぐらいの距離で、静かで、きれいで、落ち着いた町がないかたずねてみました。その女性は少し考えてから、バートホンブルクという町の名前と電車での行き方を教えてくれたのです。すぐにフランクフルト中央駅から教えられた電車に乗りました。東京駅から電車で三十分、静かで、きれいで、落ち着いた町を想像しても、思い浮かばないし、車窓からの景色からしてもあまり期待はできそうにありません。それでも、未知の場所だから、とりあえず心はずみます。この不安まじりの期待感がたまりません。もう目的の半分は果たしたようなものでした。

バートホンブルクの駅前はバスターミナルがあるだけで、気合いを入れて駅舎を出たのに、拍子抜けでした。まあ、だいたい駅前はどこでもこんな様子なのですが……どちらの方向へ向かったらいいか、どこへ行けばいいのかまったくわからない。ひとに聞こうにも目的地名がいえない。旅行案内所を探すのも時間がもったいない。とりあえず、空を眺めまわしました。遠くに教会の尖塔らしきものが聳えています。そのあたりが町の中心地にちがいない、と見当をつけました。間違っていても、その教会を見てくればいいのですから。教会の湿気を含んでひんやりとした、燃えるろうそくのにおいがする空気が好きです。一年分吸いこんでこようと思いました。しかし、ちょっと距離がありそうだし、ゆっくり歩いている時間もない。そこで、目の前のバス停で一番ひとが多く並んでいるバスに乗ることにしました。

　バスの運転手に教会のほうへ行くかと尋ねると、いいから早く乗れという。どこへ連れていかれても後悔しない予定なので、あわてて飛び乗ります。バス前方部は地元のひとらしき乗客ですでに埋まっていたので、後方の席に座りました。まわりには青年がひとりだけ。前方と後方の座席の中間あたりにふたりの男女が立って、楽しそうに雑談しています。席は空いているのになぜ座らないのかと不思議には思ってはいたのですが……そのわけはすぐにわかりました。これがうわさに聞いていた抜き打ちの検札だったのです。それまで進行方向を向いていたふたりが急に振り向いて、後方の席に座っているわたしと青年に向かって乗車券を見せるようにいいました。ふたりは出口付近に立っているので、通せんぼの状態で逃げ道をふさいでいます。わたしよりも出口に近い青年はふたりに懸命になにか説明しています。どうやら切符を持っていないらしい。ほかの乗客が振り向いて、同情をこめたまなざしで見ていました。

やがて、その目がこちらに向きました。検札係の男性がこちらへきます。みな、わたしが大慌てで飛び乗ったのを見ているはず。それに、旅行者だということは一目瞭然でしょう。それでも、切符を持っていなければ罰金を取られるのでしょうか。考えすぎかもしれないが、はめられたような気がしていました。ここでみなの期待に応えて大げさに切符を探すまねをしようか、とも一瞬思ったのですが、面倒くさいのでやめました。おとなしくフランクフルト近郊のフリーパスを見せて、「おあいにくさま」と心のなかでつぶやいておきました。あまりいい気分ではありませんでしたが、一度やってみたい経験だったし、ドキドキ感は満喫できました。しかし、規則は規則、ということを忘れないように肝に銘じておきました。

乗客の多くが降りはじめたバス停でわたしも下車。噴水のある広場です。目の前に〝クアハウス〟と書かれた建物があったので、ここは温泉保養地だ、と初めて気がつきました。どおりで地名に〝バート（湯治場）〟がついていたわけです。とにかく、教会の尖塔に向かって歩き、教会の重い扉を開いてにおいを吸いこみました。気持ちが落ち着きます。内部を見学したかったのですが、なにやらコンサートの最中であきらめました。外に出て、観光客らしき老夫婦のあとを追います。手に地図のようなものを持っているので、きっとどこか観光名所に向かうところでしょう。それに、歩く速度も遅いので、こちらもあちこち眺めながらついていけます。フロントの女性の答えはまさに正解でした。確かに静かで美しい、小さな町です。しばらく、石畳の道を行くと壁に突き当たりました。老夫婦の姿は見失っていました。

どこまでも続く石積みの壁の向こうに白い塔が見えます。灯台のようで、夏の真っ青な空と木々の緑のなかでまぶしく光っていました。壁に沿って歩いていくと門があり、工事中だったのですが、通れるようでした。中に入ると、すぐに宮殿公園という立て看板がありました。芝生の緑と歩道に敷かれたじゃりの白が映える庭園に大きく枝を広げる木々が点在しています。その向こうに見える大きな建物が宮殿でしょう。いつものようにとにかくバシャバシャと写真をとっていました。人影はほとんどありません。なにがあるかわからないけれど、とりあえず宮殿に行ってみようと思いました。歩きはじめると進行方向に小さく黒いものが見えます。はっとしました。腰の曲がった老婆がベビーカーのようなものを押しているらしいのです。近づいていくにつれてはっきりと見えてきました。後ろ姿ですが、黒いぼろ布を頭からかぶっている。わたしの浮かれ気分は一気に吹き飛びました。いわれのない罪悪感を抱いて。写真を撮るのもやめました。

なぜそのとき、老婆が微動だにしないことに気づかなかったのかわかりません。とにかく、そっと脇を通りすぎようとしました。ただ、振り向きざまに老婆の顔を盗み見ました。ネズミです。からだの大きさは人間と同じぐらい。よく見ると、ベビーカーには、なにか入った、汚いポリ袋が積めるだけ積んであり、ずれ落ちないようにひもで結わいてありました。押し手にもそれぞれ三つか四つポリ袋がぶらさがり、ごていねいに荷物からはテディーベアの足までのぞいているのです。ほかにも近くにもうひとつ、ゴミ箱を漁っている姿がありました。近づいて顔をのぞいてみると、アナグマ。これはもうそれほど驚きませんでした。もうある程度心の準備が出来ていたので……展示物だったのでしょうか、くわしいことはわかりません。これはブラックユーモアというものなのでしょうか。ひたすら美しいだけの庭園にアクセントになっていることは認めます。作者の狙いとしては成功なのでしょう。心に強い衝撃を受けました。現実と非現実を極端な形でつきつけられた、というか……それはその姿がネズミでもアナグマでも、あるいはほんものの老婆でも変わらなかったと思います。

急にまわりの色彩のコントラストがきつくなったような気がしました。宮殿の中庭を抜けてテラスにでると、遠くに山並みが、眼下に美しい家並みが広がっています。まさに絵のようでした。それでも、さきほど迷いこんだ絵本の世界から抜け出ることができない、そんな気分です。公園を出て、そのあたりを呆然と、人通りの多いほうへと歩いていくと、もとの噴水のある広場に戻っていました。まわりにはドイツではどこにでもあるような店が建ち並んでいて、買い物客でにぎわっています。ここまできて、やっとネズミの老婆から解き放たれたような気がしました。店をのぞいたり、テラスカフェで道ゆく人たちを眺めながらコーヒーを飲んだり……住民気分を味わって帰途についたのは、もう夕方七時ぐらいになっていたと思います。五時間ほどでした。

翌朝は空港へ向かう前の一時間を利用してマイン川を見にいきました。方向は前日確認していたので、すぐに川縁にでました。柔らかい朝日が緑のプロムナードに差しこんでいます。川沿いをジョギングするひとびとを眺めたり、川向こうの景色を楽しみながらベンチにしばらく座っていました。近くに一隻の客船が停泊していました。それほど大きくはない船体には〝バーゼル〟の文字とスイスの国旗が見えます。ライン川からさかのぼってきたのでしょうか。今朝到着したのでしょうか。デッキにカーディガンを羽織った女性が立って、わたしと同じ景色を眺めています。帰国までのわずかな残り時間で静かな時の流れをためこもうとしているわたしを、ゆったりとした時間の流れに身をおくひとが見ているようでした。わたしも後者になりたかった……

ダン・シモンズ

〈ヒューゴー賞／ローカス賞受賞〉
ハイペリオン〔上〕〔下〕
酒井昭伸訳

辺境の惑星ハイペリオンを訪れた七人の巡礼者が旅の途上で語る数奇な人生の物語とは？

〈英国SF協会賞／ローカス賞受賞〉
ハイペリオンの没落〔上〕〔下〕
酒井昭伸訳

惑星ハイペリオンの時を超越した遺跡〈時間の墓標〉の謎が解明されようとしていた……

エンディミオン〔上〕〔下〕
酒井昭伸訳

〈時間の墓標〉から現われた少女アイネイアーを護衛する青年エンディミオンの冒険の旅

〈ローカス賞受賞〉
エンディミオンの覚醒〔上〕〔下〕
酒井昭伸訳

アイネイアーは使命を果たすべく、パクス支配領域への帰還を決意した……四部作完結篇

〈ローカス賞受賞〉
ヘリックスの孤児
酒井昭伸・嶋田洋一訳

〈ハイペリオン〉〈イリアム〉二大シリーズの短篇、超能力SFなどを収録する傑作集。

グレッグ・イーガン

〈キャンベル記念賞受賞〉
順列都市〔上〕〔下〕
山岸 真訳

並行世界に作られた仮想都市を襲う危機……
電脳空間の驚異と無限の可能性を描いた長篇

〈ヒューゴー賞／ローカス賞受賞〉
祈りの海
山岸 真編・訳

仮想環境における意識から、異様な未来まで
ヴァラエティにとむ十一篇を収録した傑作集

〈ローカス賞受賞〉
しあわせの理由
山岸 真編・訳

人工的に感情を操作する意味を問う表題作の
ほか、現代ＳＦの最先端をいく傑作九篇収録

ディアスポラ
山岸 真訳

遠未来、ソフトウェア化された人類は、銀河
の危機にさいして壮大な計画をもくろむが⁉

ひとりっ子
山岸 真編・訳

ナノテク、量子論など最先端の科学理論を用
い、論理を極限まで突き詰めた作品群を収録

HM=Hayakawa Mystery
SF=Science Fiction
JA=Japanese Author
NV=Novel
NF=Nonfiction
FT=Fantasy

宇宙英雄ローダン・シリーズ〈375〉

ポスビの友《とも》

〈SF1754〉

二〇一〇年四月 二十 日 印刷
二〇一〇年四月二十五日 発行
（定価はカバーに表示してあります）

著者 クルト・マール
H・G・フランシス

訳者 青《あお》山《やま》茜《あかね》
増《ます》田《だ》久《く》美《み》子《こ》

発行者 早川浩

発行所 株式会社 早川書房
郵便番号 一〇一‐〇〇四六
東京都千代田区神田多町二ノ二
電話 〇三‐三二五二‐三一一一（大代表）
振替 〇〇一六〇‐三‐四七七九九
http://www.hayakawa-online.co.jp

印刷・信毎書籍印刷株式会社　製本・株式会社川島製本所
Printed and bound in Japan
ISBN978-4-15-011754-2 C0197